MISSÃO PRÉ-SAL 2025

VIVIANNE GEBER

MISSÃO PRÉ-SAL 2025

ROMANCE

1ª edição

EDITORA RECORD
RIO DE JANEIRO • SÃO PAULO
2015

CIP-BRASIL. CATALOGAÇÃO NA PUBLICAÇÃO
SINDICATO NACIONAL DOS EDITORES DE LIVROS, RJ

G262m   Geber, Vivianne, 1970 -
           Missão Pré-Sal 2025 / Vivianne Geber. - 1. ed. - Rio de Janeiro:
Record, 2015.

ISBN 978-85-01-10428-1

1. Romance brasileiro. I. Título.

15-20988   CDD: 338.27280981
                                                        CDU: 330.123.7(81)

Copyright © Vivianne Geber, 2015

Capa: Angelo Allevato Bottino

Editoração eletrônica: Abreu's System

Todos os direitos reservados. Proibida a reprodução, armazenamento ou transmissão de partes deste livro, através de quaisquer meios, sem prévia autorização por escrito.

Texto revisado segundo o novo Acordo Ortográfico da Língua Portuguesa.

Direitos exclusivos desta edição reservados pela
EDITORA RECORD LTDA.
Rua Argentina, 171 – Rio de Janeiro, RJ – 20921-380 – Tel.: 2585-2000.

Impresso no Brasil

ISBN 978-85-01-10428-1

Seja um leitor preferencial Record.
Cadastre-se e receba informações sobre nossos lançamentos e nossas promoções.

Atendimento e venda direta ao leitor:
mdireto@record.com.br ou (21) 2585-2002.

Para meu marido, com amor

"Sem dúvida alguma, para se ter sucesso é preciso manter a coragem e a paciência, e continuar a trabalhar duro."

Vincent van Gogh

PRÓLOGO

O som alto da TV não o deixava ouvir o que se passava na cozinha. A fumaça de cigarro misturava-se à da fritura, e o cheiro do repolho era repugnante. Ele respirou fundo e sentiu um embrulho no estômago. Se não saísse logo dali, vomitaria.

Garrafas de cerveja por todo lado. Quando apoiou a sétima Erdinger na mesa à sua frente, as outras garrafas caíram como pinos de boliche. O barulho não chamou a atenção dela.

Sem dormir havia vinte e quatro horas, os olhos dele ardiam como duas bolas de fogo. Não podia parar, estava muito perto agora.

A mão gelada em seu braço o fez estremecer. Porém, tudo tinha que parecer natural. Não havia lugar para amadorismo. Levantou-se lentamente do sofá, como um sonâmbulo, e seguiu-a até a cozinha.

Abriu um grande sorriso quando viu a mesa posta para o almoço. Ela só podia estar brincando. *Bratwurst Mit Sauerkraut*, o famoso prato de salsicha com chucrute.

Ela abriu a geladeira e pegou mais uma garrafa de cerveja.

— Fiz seu prato preferido.

Ele riu, embaraçado, e beijou-lhe a mão. Era difícil entendê-la. Seu alemão ainda era limitado como o de uma criança de quatro anos. Em sua quinta viagem a Frankfurt, falava inglês a maior parte do tempo.

Sua língua enrolou um desajeitado *vielen Dank*. Depois de tantas cervejas e cigarros, aquilo era o máximo que conseguia dizer.

Voltar a fumar era um dos ossos do ofício. Pelo menos, seu sofrimento se limitava àquelas ocasiões. Ainda se lembrava do primeiro maço que fumara na vida. Hollywood, o sucesso. As propagandas na TV exaltavam homens e mulheres saudáveis e esportes radicais. Tão inocente. E ali estava ele agora, tentando a todo custo não tragar aquele veneno, tentando escapar do antigo vício.

Emma o fitava sem sorrir. Ela parecia ler o que se passava em sua mente, em sua alma. Os olhos dela eram brilhantes como turquesa. Ou eram esmeraldas? Sua visão estava embaçada. Afinal, o que ele fazia ali? Por que ela tinha que ser tão linda?

Ela serviu-lhe a comida. As mãos dela estavam trêmulas e ela baixou o olhar. Ele tomou um gole de cerveja, quente para seu gosto. A bebida desceu pela garganta levando o azedo do repolho para algum lugar inimaginável. Seu estômago rosnou com a combinação bombástica. A testa começou a suar. Ele merecia sofrer.

— Você está bem? — perguntou ela, enquanto passava levemente a mão no cabelo.

Claro que não. Depois de tantos anos, ele estava prestes a trair tudo que amava na vida. Era seu país, pelo amor de Deus! Precisava de ajuda. Ele tinha que falar com alguém. Quem acreditaria nele?

— A que horas ele chega?

Ela não respondeu. Ele colocou a mão na barriga. Pontadas em todas as partes. Piscou várias vezes.

— Emma?

Ele viu uma lágrima descer pelos olhos dela.

— Me desculpe. Eu não sabia que ele faria isso com você... Eu não tinha ideia... — Ela parou.

Seu inglês agora era perfcito. Ele afastou o prato.

— Não se preocupe. Você não tem culpa.

E vomitou.

CAPÍTULO UM

— Que beleza! Essa foi a primeira coisa que Rodolfo Ruppel pensou quando viu aquela árvore de Natal gigante à sua frente. Trafalgar Square estava fantástica, mesmo àquela hora da noite. As pessoas, de todos os lugares do mundo, pareciam encantadas e transitavam freneticamente pela praça mais famosa de Londres. Ele parou para admirar aquela árvore linda, toda iluminada, cheia de bolas coloridas e correntes douradas. A neve parecia parte do espetáculo.

— Você está me ouvindo? — perguntou Carla.

Ele a fitou tentando recordar-se do que falavam. Observou os cabelos castanho-claros, presos em uma touca de lã preta, o rosto redondo e os olhos escuros. Ele e Carla eram casados havia sete anos, mais tempo do que deveriam, mas já haviam passado bons momentos juntos. Ricardo, seu único filho, agora estava com seis anos. Carla ainda tinha uma aparência jovem, porém não era mais uma menina. Ela nunca fora realmente bonita, mas agora era uma charmosa mulher de trinta e seis anos.

Namoraram exatos quatro anos antes de se casarem. Os últimos anos de convivência foram difíceis, não por falta de dinheiro ou coisa parecida, mas pela própria rotina da vida de casados.

Contemplou-a mais uma vez. Os olhos dela estavam arregalados, ele sentiu-se mal. Nos últimos meses, não dera atenção à esposa.

— Rodolfo, você está me *ouvindo*?

— Claro que estou. Você estava falando da sua mãe — arriscou. O velho tema das conversas. Carla parecia ter esse único assunto.

— Ah, bom. Achei que você não estivesse ouvindo. Está com um olhar tão perdido. Eu estava dizendo...

Ele se desligou novamente. Não conseguia mais pensar nisso. Desejava voltar à árvore de Natal. Eles estavam longe de casa, e ele queria aproveitar cada minuto da viagem. Não viajavam juntos havia muito tempo, e agora que ele finalmente a levava para uma viagem de trabalho, longe de tudo e de todos, não queria passar parte alguma de seu tempo lembrando-se dos problemas familiares. Ruppel precisava relaxar, aproveitar cada minuto e sentir aquele frio no seu rosto, pelo menos quando não estivesse trabalhando.

Os problemas familiares estavam no Brasil. E podiam ficar lá. Ali em Londres era diferente. Sim, fazia dois graus negativos, e, para alguém que acabara de desembarcar do Rio de Janeiro com seus trinta e cinco graus, isso era penoso.

A temperatura em Londres no início de dezembro deveria estar por volta de oito graus. Ruppel agradecia a frente fria. Ele queria ver a neve caindo e pintando de branco aquela árvore de Natal no meio da Trafalgar Square.

Olhou de soslaio para Carla, que parecia completamente alheia à beleza do lugar. A esposa não se interessava por viagens, passeios, restaurantes ou qualquer coisa que pudessem fazer juntos. A única coisa pela qual se interessava era a família. Não a família deles, ele e o filho, mas a mãe, o pai e os dois irmãos.

— Você não acha, Rodolfo? Papai deveria vender aquela casa e comprar outra, lá mesmo em Búzios. Poderíamos passar mais tempo lá.

Ela parou, olhando-o, aguardando uma resposta. Ruppel suspirou.

— Você entendeu a situação? Papai não está bem de saúde e tenho medo de que mamãe...

Foi quando começou um pequeno alvoroço. Ruppel virou-se para olhar e viu um círculo de pessoas em volta de um tipo esquisito. As pessoas gritavam e incentivavam o pequeno homem a fazer contorções. Carla virou-se também e deixou-o em paz por alguns instantes.

Ruppel não sabia mais o que fazer. Ele achara que essa viagem pudesse resolver também alguns de seus problemas pessoais.

— Está ficando muito frio. Você não quer voltar para o hotel? — perguntou ele.

Carla concordou na mesma hora. O que ela mais fizera até ali durante a viagem fora reclamar do frio.

Eles caminharam em silêncio, pegaram o metrô em Charing Cross e chegaram ao hotel, em Putney, por volta das dez da noite.

— Quarto cinquenta e seis, por favor.

A recepcionista do Lodge Hotel entregou-lhe a chave, que Carla pegou sem agradecer.

Ruppel forçou um sorriso à funcionária.

— Carla, vou ao lobby checar meus e-mails no computador. Vou ser bem rápido.

— Por que não faz isso no quarto, no seu notebook?

— A conexão no quarto está ruim — respondeu ele.

Era mentira.

Carla olhou-o ressentida e andou mais rápido em direção ao quarto.

O lobby estava vazio. Ruppel sentou-se à mesa do computador. Na verdade, não havia nada para ver. Ele apenas queria ficar sozinho e respirar, não queria estar com a esposa naquele momento. O computador, os e-mails, a viagem, nada importaria se ele pudesse voltar no tempo e achar exatamente o ponto em que seu casamento começara a dar errado. Viu no branco da parede a própria vida refletida.

Ruppel estava tão absorto em seus pensamentos que não percebeu que uma pessoa se aproximara.

— Com licença, eu estava usando o computador — disse uma voz feminina em inglês.

Ele virou-se e olhou para a mulher, que estava séria. Devia ter a idade de Carla, talvez um pouco mais nova, uns trinta anos. Refinada e atraente. Magra e esguia, com cabelos e olhos castanho-escuros, como duas amêndoas. Ruppel observou a bota preta e a calça jeans justa. A blusa azul de gola rulê lhe dava um porte longilíneo. Apesar dos saltos altos, notou que ela era bem mais alta que Carla, mas isso não era difícil. Carla fazia o tipo mignon. Ruppel não conseguiu de imediato identificar de onde ela era, mas não era inglesa.

— *Sir*?

Ela o tirou do devaneio.

— Desculpe, eu não sabia. Não havia ninguém quando cheguei.

Só então ele olhou para a tela do computador, aberta em um site alemão.

— Você é brasileiro? — perguntou ela.

— Sou.

— Que bom. Sou brasileira também.

Ela abriu um sorriso de dentes brancos e perfeitos, como propaganda de pasta de dentes.

— Bom, vou deixar você usar o computador. Desculpe-me, realmente não notei que alguém estava usando — emendou Ruppel.

— Ah! Não se preocupe. Eu só precisava terminar de anotar um dado para minha apresentação de amanhã, mas já estou no final. Você não quer esperar?

Ruppel parou por uns instantes para analisar a situação. Perigosa. Sozinho no lobby com uma mulher bonita, enquanto a esposa o esperava em um quarto de hotel. Não, ele devia ir embora.

— Na verdade, não tinha nada especial para ver. Acho que é força do hábito.

Ele se levantou.

— Sei... Onde você mora no Brasil? — perguntou ela, enquanto sentava-se na cadeira à frente do computador.

— No Rio de Janeiro, e você?

— Que coincidência, eu também morava lá, em Ipanema. E você?

Ela pegou uma caneta com o logotipo do hotel que estava sobre a mesa e um pedaço de papel na pequena bolsa, cruzada no corpo.

— Copacabana. Você está em Londres a trabalho?

Ruppel continuou a conversa sem perceber. Ela escreveu alguma coisa e dobrou o papel, guardando-o na bolsa.

— Trabalho na Schmidt Technology. Já ouviu falar?

Ela olhou para Ruppel e virou a cadeira.

— Schmidt Technology? Vim a trabalho para assistir a uma apresentação da sua empresa. Outra coincidência...

— É mesmo? De que empresa você é?

A caneta parecia ter tomado vida própria nas mãos dela. Ruppel estava quase hipnotizado pelo esmalte vermelho da mulher. Carla nunca usava essas cores mais vivas e dizia preferir um estilo discreto. Tons pastel, salto baixo e pouca ou quase nenhuma maquiagem. Bem diferente da mulher à sua frente.

— Sou da Marinha do Brasil.

Ela deu um meio sorriso. A caneta descansou subitamente em cima da mesa.

— Ora, ora. Trabalhei como engenheira na Marinha também, acredita? Meu trabalho ainda é um pouco relacionado. A Schmidt-Tech é uma empresa especializada em equipamentos e sistemas para a defesa naval. Moro em Frankfurt agora. Já esteve lá?

— Infelizmente não.

A conversa continuou por quase uma hora. Ela fizera concurso para o Corpo de Engenheiros da Marinha e tinha trabalhado lá por quatro anos. Sua turma fora promovida bem rápido, contou, e saiu de lá com a patente de capitão-tenente. Ficara noites sem dormir quando recebera a proposta da SchmidtTech. Abandonar um emprego estável nas Forças Armadas exigia muita coragem.

Ruppel ouviu tudo com interesse e falou bastante, mais do que de costume. Estava na Marinha havia vinte e três anos, era capitão de corveta e trabalhava na Diretoria de Sistema de Armas. Contou-lhe também algumas aventuras da época em que fora comandante de um navio sediado na Amazônia. Ela também ouvia atentamente, interrompendo-o vez ou outra para fazer uma pergunta.

— Como o tempo voa! Tenho que subir. Amanhã o motorista vem me pegar às oito e meia da manhã — disse ela, olhando o relógio do pulso. Um bonito Bulova. Ruppel adorava relógios, eles podiam dizer muito sobre quem os usava.

Foi como se ele tivesse saído de um transe. Não percebera o tempo passar. Se ela não tivesse interrompido a conversa, teria continuado facilmente por mais outra hora.

— Onze horas?! — disse ele, checando o próprio relógio.

Ruppel imaginou se Carla já estaria dormindo.

— Também tenho que subir.

Ele tentou esconder a decepção em sua voz. A conversa estava fascinante.

— Foi um prazer conhecê-lo. Desculpe-me, não me apresentei. Meu nome é Victoria Borges.

Ela estendeu a mão para cumprimentá-lo.

— Rodolfo. Na Marinha, sou o comandante Ruppel.

Ele apertou-lhe a mão. Estava fria como gelo.

— Boa noite, comandante Ruppel — disse ela, ainda segurando-lhe a mão.

— Boa noite, Victoria Borges, e até amanhã.

Ruppel esforçou-se para soltar a mão da mulher. Viu-se, de repente, ansioso para encontrá-la novamente.

Ele subiu as escadas do hotel e foi em direção ao quarto. Torcia para que Carla já estivesse dormindo.

* * *

— Onde você estava? — perguntou a esposa, levantando-se da cama.

A camisola rendada de seda branca e o perfume adocicado no quarto revelavam suas intenções frustradas.

— Estava no lobby, ora. Eu tinha alguns e-mails urgentes.

Ruppel evitou olhar para a esposa. Tirou a camisa e jogou-a sobre a mala que estava no chão. Nem podia pensar em colocar nada no pequeno armário do quarto. Carla já se apoderara dele.

— Você estava conversando com a recepcionista.

Não era uma pergunta.

— Claro que não. De onde você tirou essa ideia?

Ele entrou no banheiro e abriu a torneira da pia. Carla o seguiu.

— Vi o olhar que você deu a ela na hora que pegou a chave. Você acha que sou cega?

— Por favor, Carla, isso é doentio. Você está sempre imaginando casos para mim. Toda mulher que fala comigo é uma ameaça em potencial. Sinceramente, hoje não estou com vontade de discutir. Não vamos começar uma briga agora, estou muito cansado.

Ele ainda evitava olhar para Carla. Lavava as mãos como se quisesse apagar o contato com Victoria. Não fizera nada errado.

— Para você é fácil, não é? Simplesmente encerra a conversa. Mas quem ficou mais de uma hora esperando o marido aparecer fui eu! Não aguento mais isso!

Sua voz começou a ficar a um ponto do descontrole.

Por um minuto, Ruppel cogitou discutir. Aguentar o quê? Ele estava ali, não estava? Victoria fora agradável e interessante. Mas só isso.

Ele fechou a torneira, enxugou as mãos e se virou para ela. O tom de voz era baixo, apaziguador.

— Vamos encerrar isso? Eu não estava com a recepcionista. Foi um dia cansativo, e amanhã tenho que acordar cedo para a reunião. Quero muito ter uma noite tranquila com você.

— Se você quisesse ficar comigo teria subido mais cedo.

Carla cruzou os braços. Estava magoada. E tinha suas razões.

— Me desculpe. Por favor, estamos em Londres, finalmente sozinhos, e gostaria muito que essa viagem fosse uma segunda lua de mel.

Ela cedeu. Até mais rápido do que Ruppel imaginara. Carla era imprevisível. Ele a abraçou.

— Agora me espere no quarto. Vou tomar um banho — disse ele.

Ruppel deu um tapinha nas nádegas de Carla quando ela saiu do banheiro.

O mais prudente a fazer no dia seguinte seria cumprimentar Victoria e ficar longe dela o máximo possível. Dar uma chance a seu casamento.

Ruppel deve ter ficado mais tempo do que imaginou no chuveiro. Quando voltou ao quarto, Carla estava dormindo.

Na manhã seguinte, Ruppel levantou-se devagar para não acordar Carla. Barbeou-se com cuidado, tomou banho e colocou o terno azul-escuro e a gravata listrada da mesma cor. Olhou-se no espelho. O terno lhe caía bem. Ele era forte e vigoroso. Sua juventude atlética refletia-se em seu dorso e nos braços. Os cabelos castanhos começavam a adquirir tons grisalhos. Nada mal para um homem de trinta e oito anos, pensou. Saiu do quarto sem fazer barulho e dirigiu-se ao restaurante para tomar café.

O local estava quase vazio. Havia apenas dois homens, também de terno, atrás de jornais e de cereal. Ruppel serviu-se de uma xícara de café com leite e preparou um sanduíche de queijo.

A apresentação era muito importante para a Marinha brasileira. A Schmidt Technology estava lançando o projeto de um sistema de combate integrado para submarino, equipado com instalações para a detecção de sonar panorâmico, análise e classificação de navios de superfície, submarinos e torpedos. Também integrava os sensores acústicos com sensores ópticos e eletrônicos que permitiam o comando e o controle global do sistema, bem como o controle de longo alcance, mísseis guiados e torpedos.

— Bom dia, Ruppel!

O capitão de corveta Arthur Amorim. Ruppel, da Diretoria de Sistemas de Armas da Marinha, e Arthur, da Diretoria de Engenharia Naval, foram enviados para captar o máximo de informações possível na Schmidt Technology. Por isso, estavam vestidos formalmente naquele horário indecente.

— A que horas o motorista vem nos buscar?

— Em dez minutos — disse Ruppel.

— Uau! Tenho que me apressar.

Ele andou em direção à mesa e encheu o prato de pães e bolos.

Arthur estava atrasado. Ruppel ainda ficava surpreso com essas coisas. Talvez por ter passado a vida inteira na caserna, era zeloso em relação à pontualidade. Primeiro, frequentou o Colégio Militar, uma instituição do Exército Brasileiro, e depois o Colégio Naval e a Escola Naval. Nesta última, graduara-se em ciências navais como oficial da armada. A Escola Naval era a instituição da Marinha que formava oficiais para os postos iniciais da carreira do Corpo da Armada, Fuzileiros Navais e Intendentes.

A Marinha ainda tinha diversos corpos e quadros de profissionais de nível superior. O Corpo de Engenheiros da Marinha, por exemplo, era composto por oficiais que se formavam na própria instituição, bem como por aqueles que cursavam uma universidade e, depois de graduados, realizavam um concurso para ingressar nas Forças Armadas. Esse era o caso de Arthur e de Victoria. Diferentemente de Ruppel, eles tiveram sua formação profissional no meio civil.

Na visão de Ruppel, Arthur parecia um professor de ciências. Usava grandes óculos pretos, era magro, alto e distraído, e só pensava em trabalhar e comer. Onde parava toda aquela comida?

— Você não está com fome, Ruppel? — perguntou Arthur de boca cheia.

— Já tomei um bom café da manhã. Obrigado. Encontro você no lobby, certo?

Arthur parecia uma boa pessoa, mas Ruppel não dava muito papo para quem mal conhecia. Algo que aprendera era não falar de sua vida particular. Quanto menos soubessem, melhor.

O carro e o motorista foram providenciados pela Comissão Naval Brasileira na Europa, a CNBE. Desde 1971, ela contribuía para o apoio logístico da Marinha na Europa por meio de atividades de obtenção e tráfego de carga para o exterior.

O motorista chegou no horário marcado. Arthur correu em direção ao lobby segurando um biscoito. As calçadas ainda estavam brancas, resultado da neve que caíra de madrugada. Os dois entraram no carro e foram para o centro de Londres, onde aconteceria a apresentação.

Servindo na Diretoria de Sistema de Armas da Marinha, Ruppel estava em Londres para aprender sobre o sistema de armas alemão. Isso era a teoria. Na prática, era bem diferente.

Três meses antes, seu chefe, o capitão de mar e guerra Gerson Húngaro, com quem Ruppel também trabalhara no Centro de Inteligência da Marinha, o CIM, chamou-o em sua sala e perguntou se seu passaporte de serviço estava válido. O comandante Húngaro não falou nada sobre a missão. Depois disso, havia cerca de um mês, Ruppel estava novamente em sua sala.

— Haverá uma apresentação em Londres no dia 7 de dezembro e preciso que você esteja lá. É uma missão do CIM, Ruppel. Serão necessárias duas semanas. Um contato será apresentado a você e lhe passará as instruções. Vocês trabalharão juntos. O contato será feito na apresentação.

— Qual será a senha de confirmação?

— Ele perguntará o que você achou da árvore de Natal da Trafalgar Square. Você responderá que nunca viu uma árvore tão fantástica antes. Familiarize-se com os aspectos técnicos nas reuniões desse mês aqui no Rio. O comandante Arthur, da Diretoria de Engenharia Naval, também irá para Londres, mas não faz parte da nossa missão, entendido?

— Afirmativo.

— Leve sua esposa. Isso explicará por que você ficará dez dias lá. Farei com que pensem que você está de férias depois da reunião.

Foi por esse motivo que Ruppel quis ver a árvore de Natal antes da apresentação, e não se arrependera disso.

A respeito da missão, nem ele mesmo sabia ao certo do que se tratava. Sabia apenas que era algo relacionado à contraespionagem.

Recentemente, lera nos jornais que os Estados Unidos prenderam supostos agentes russos, da extinta KGB, que, segundo os americanos, estavam espionando seus assuntos políticos, militares e de estratégia. A Rússia, por sua vez, tinha americanos e ingleses presos por suspeitas de espionagem. A Guerra Fria não havia terminado em 1991 com a queda da URSS? Nada poderia estar mais longe da verdade.

A Schmidt Technology ocupava o décimo andar de um bonito prédio em Canary Wharf. Londres, porém, não era a maior de suas filiais. Na entrada do auditório, Ruppel inteirou-se da situação. Havia diversas pessoas presentes, de várias nacionalidades. Ternos e gravatas de todas as cores. Grupos eram formados de acordo com os interesses. Ele podia ver a troca de cartões e os tapinhas nas costas. Homens e mulheres, jovens e idosos. Na antessala, muitos dos representantes estavam em volta de uma mesa com café, chá e biscoitos amanteigados ingleses. Um grande samovar de prata brilhava sobre a mesa oval. Arthur imediatamente arregalou os olhos.

Um homem de bigode grisalho e careca, aparentando uns sessenta anos, em um terno cinza impecável, aproximou-se de Ruppel.

— Comandante Ruppel? Como vai? Meu nome é Conrad Madison.

— Bem, senhor. É um prazer conhecê-lo.

Ruppel estendeu a mão para cumprimentá-lo.

— O prazer é meu — disse ele, apertando-lhe a mão fracamente. — Trabalho na Shelter, a empresa americana, e já realizei vários trabalhos com a Marinha brasileira. Sou muito amigo do comandante Húngaro. Ele deve ter falado de mim — emendou, alisando o bigode.

Ele falava português perfeitamente e poderia muito bem passar-se por um brasileiro.

Diante da negativa de Ruppel, sorriu.

— Uma omissão imperdoável. Muito trabalho, provavelmente.

Madison começou seu monólogo. A empresa que representava andava de vento em popa, e o trabalho com a Diretoria de Sistema de Armas era uma roda-gigante surreal. Madison era divertido. Ruppel deve ter ficado uns dez minutos ouvindo-o.

— Minha mãe era brasileira — anunciou ele. — Meu pai era alemão, e nasci nos Estados Unidos. Uma confusão, não é mesmo? No entanto, aprendi várias línguas assim. Essa é a grande vantagem da globalização.

Sua gargalhada ecoou no salão. Algumas pessoas se viraram para olhá-los.

O tom de voz baixou.

— Comandante Ruppel, eu gostaria de ter uma conversa em particular com o senhor. Creio que aqui não seja o melhor lugar. Poderíamos marcar um almoço? Um café?

— Certamente. Qual é o assunto?

— O comandante Húngaro lhe passará instruções. Aqui está meu cartão. Mas gostaria que me contatasse logo. Você ficará em Londres por quanto tempo?

— Ficarei tempo suficiente para almoçarmos, não se preocupe — respondeu Ruppel.

— Perfeito. Esta semana?

Seu tom de voz perdera um pouco da alegria.

— Por que não?

— Combinado, então.

Apertou a mão de Ruppel e dirigiu-se a outro grupo. Desembuche logo a frase, seu tolo, pensou.

Outras pessoas aproximaram-se de Ruppel, algumas ele conhecia de outras conferências. Discutiam ansiosas sobre o que seria apresentado pela Schmidt Technology. Para eles, era uma grande oportunidade de negócio.

Eles também estavam ávidos para saber detalhes de Ruppel sobre o acordo militar do Brasil com a França realizado havia pouco tempo. O acordo viabilizara um projeto brasileiro que incluía um submarino nuclear, quatro submarinos convencionais classe Scorpène e a construção de um estaleiro e de uma base naval no Rio de Janeiro.

Ruppel conversava com um oficial da Marinha francesa quando avistou Victoria, que pareceu perceber seu olhar e virou-se. Porém ela logo abriu aquele mesmo sorriso que dera na sala do computador do hotel, feliz e espontâneo. Ele sentiu uma súbita excitação.

Ele sabia que a encontraria, mas estava tão focado no trabalho que esqueceu o que isso poderia significar. Cumprimentou-a sério, a distância, com apenas um aceno de cabeça; ela, no entanto, veio em sua direção.

— Como vai, comandante Ruppel? É um prazer encontrá-lo novamente.

— O prazer é todo meu.

Apertaram-se as mãos.

— Ontem eu me esqueci de lhe perguntar uma coisa — disse ela.

— Por favor, fique à vontade.

— O que achou da árvore de Natal da Trafalgar Square?

CAPÍTULO DOIS

No hall da Schmidt Technology, Ruppel respirou fundo. Victoria era o contato. Como ele não percebera? Para uma pessoa desconfiada e treinada como ele, isso fora um mau começo de missão. Victoria tinha um efeito estranho sobre ele.

— Nunca vi uma árvore tão fantástica antes — respondeu, entredentes.

Antes de virar-se e sair rapidamente, Victoria ainda sussurrou com um sorriso:

— Sete horas.

Ruppel olhou para o lado e notou que Conrad Madison estava acompanhando os movimentos de Victoria. Ele precisava ligar para o comandante Húngaro. O que Madison queria?

A apresentação estava prestes a começar. Ruppel encontrou Arthur conversando animadamente com um grupo de engenheiros da Marinha inglesa.

Todos foram direcionados ao auditório. Havia uma pasta preta de couro em cada mesa com duas canetas, uma lapiseira e uma borracha, tudo com o logotipo da Schmidt Technology, as duas meias-luas invertidas que formavam a letra S. Ruppel sentou-se e leu rápido o conteúdo da pasta: textos sobre o sistema de combate integrado para submarino, acompanhados de fotos chamativas e gráficos.

Após todos terem sentado, um homem de aproximadamente cinquenta anos, em um terno preto, apareceu e fixou o microfone na lapela do paletó. Era alto, talvez tivesse um metro e noventa, magro e loiro como um raio de sol. As sardas no nariz lhe davam uma aparência infantil, apesar da idade. Quando começou a falar, seu inglês era impecável, mas ainda se notava um sotaque alemão.

— Senhoras e senhores, bom dia. Gostaria de iniciar este dia tão importante para nós, da Schmidt Technology, agradecendo a presença de todos, ainda mais levando-se em conta a neve e o frio que está fazendo hoje.

Ruppel olhou para a janela e reparou que alguns flocos de neve começavam a cair. A previsão era que a temperatura aumentasse dois ou três graus nos próximos dias.

— Entre vocês, estão representantes de diversas marinhas de vários países, o que me deixa muito honrado com tamanho interesse. Meu nome é Edward Kuester, sou o presidente da nossa filial em Londres. A engenheira Victoria Borges começará a apresentação de nosso sistema, seguida pelo engenheiro Felipe Martinez. Espero que gostem do nosso produto. Um bom dia a todos.

Aplausos. Victoria prendeu o microfone na lapela do tailleur cinza-escuro e caminhou até a beira do palanque. Os cabelos escuros estavam presos em um coque baixo. Totalmente profissional.

— Bom dia. Como já sabem, sou Victoria Borges e faço parte da equipe da SchmidtTech há algum tempo. Foi um grande privilégio ter sido escolhida para apresentar nosso sistema.

A apresentação de Victoria demorou quase uma hora e em nenhum momento ela olhou para Ruppel. As palavras saíam facilmente, ela sabia cada detalhe do sistema.

Ruppel não conseguiu prestar muita atenção às palavras de Felipe Martinez, o outro engenheiro, pois estava refletindo sobre algo que não se encaixava. Se Victoria lhe dissera que saíra da Marinha brasileira havia dois anos, por que ainda trabalhava para eles? Seu trabalho na SchmidtTech era apenas um disfarce?

Uma nova onda de aplausos o trouxe de volta ao auditório.

Uma hora da tarde. Com sorte, chegaria ao hotel antes das duas. Carla deveria estar almoçando, portanto ele teria pelo menos uma hora para resolver algumas coisas.

No carro, o motorista e Arthur entabularam uma conversa animada sobre a cozinha inglesa. O motorista explicava sobre o café da manhã com ovos, bacon, cogumelos, salsichas, tomates e torradas. Contou-lhes sobre os *fish and chips*, e também ensinou como fazer a *shepherd's pie*, uma torta de cordeiro com purê de batatas.

— Estou morrendo de fome! Lembrei-me do *cornish pasty* que comi ontem e minha boca encheu de água. Torta recheada com carne e legumes. Deliciosa — disse Arthur para Ruppel.

— Você já provou o *ploughman's lunch*? — perguntou o motorista. — Tenho certeza de que o senhor adoraria.

A conversa continuou por cerca de vinte minutos. Ruppel estava com fome, mas não podia parar para o almoço agora. Um pequeno lanche era o máximo que conseguiria fazer antes de Carla voltar.

Ao chegarem ao hotel, Ruppel despediu-se de Arthur e agradeceu ao motorista. Arthur estava envolvido em uma inspeção em um navio inglês que a Marinha do Brasil estava interessada em comprar. Ficaria mais dois dias na Inglaterra. Ruppel foi correndo para o quarto, subindo os degraus de dois em dois.

Plugou o celular no notebook e digitou rapidamente a senha. A conexão com os arquivos da Marinha foi imediata. Mais uma senha e teve acesso ao conteúdo. Adorava essas engenhocas.

Victoria Borges. As informações, descriptografadas pelo celular, encheram a tela do computador.

Casada havia dois anos, o mesmo tempo em que trabalhava na Schmidt Technology. Ruppel já havia reparado a aliança na mão esquerda. Aquilo não era novidade. Ele verificou as avaliações e os conceitos da época em que trabalhava na Marinha. Os antigos empregos, o tempo e as organizações militares em que ela servira, seus amigos de trabalho e a proposta da SchmidtTech. O marido aparentemente limpo: advogado em uma empresa multinacional, alguma coisa relacionada a planejamento fiscal.

Não havia registros de que ela trabalhasse para a Marinha agora.

Carla também não sabia em que o marido trabalhava. Apenas o básico: que ele era da Marinha e servia na Diretoria de Sistemas de Armas.

O relógio deu duas horas e vinte minutos. Ele tinha que aguardar o contato de Victoria às sete da noite.

Com fome, saiu do hotel para procurar algo para comer. Aquela conversa no carro estava finalmente fazendo efeito. Putney High Street estava movimentada, assim como os restaurantes e pubs. No Costa Café, Ruppel comeu rápido um sanduíche natural de queijo com ovo e tomou um cappuccino para em seguida procurar uma loja onde pudesse comprar celulares.

Three, Orange, TMobile, Vodafone. Ruppel comprou alguns celulares pré-pagos, colocou-os em sua pasta e voltou para o hotel. Ainda dava tempo de tomar um banho. Carla chegou cinco minutos depois de ele ter se enxugado.

— Como foi o trabalho? — perguntou ela, enquanto mexia na bolsa. Não parecia realmente interessada em saber.

— Dentro da normalidade. Você quer dar uma volta?

Ruppel vestiu uma calça jeans, um suéter e colocou mais um casaco por cima. Não brincaria com o frio. Estava feliz de ter se livrado da gravata e do terno.

— Rodolfo, não quero fazer nenhum passeio turístico. Você sabe que quero comprar uns cremes de rosto e corpo para a mamãe e algumas amigas. São caríssimos no Rio. Já bastou ontem você ter me levado para ver a árvore naquele frio horroroso. Vamos fazer compras, por favor.

O shopping era incrivelmente grande. Dois andares de lojas e restaurantes, e um terceiro com cinemas. Era possível se perder entre as lojas de grife, os enormes lustres de cristal e os restaurantes de fast-food. Um rinque gigante de patinação no gelo tomava conta do hall principal. Dezenas de pessoas andavam de patins. Outras dezenas, debruçadas na divisória, riam dos tombos e papeavam, com máquinas fotográficas e bolsas de compras.

Às cinco para as sete, Carla estava animada, e Ruppel se afastou com a desculpa de ir ao banheiro. Na frente da movimentada loja da Disney, ele recebeu uma figura no celular.

Doze Girassóis numa Jarra, quadro pintado por Vincent van Gogh.

O título original dessa pintura, *Tournesols*, significava "girassóis" em francês, que eram o motivo de duas séries de quadros de natureza-morta feitas pelo pintor holandês. A primeira série foi produzida em Arles, em 1888, e a segunda Van Gogh pintou um ano depois. Eram sete versões da pintura de girassóis.

No seu telefone, a terceira versão. *Os girassóis* que estavam expostos na Neue Pinakothek, em Munique. Doze deles e um fundo azul-esverdeado.

Ruppel era apreciador de artes, podia ficar horas sozinho apreciando pinturas. Talvez com uma folha de papel e uma caixa de lápis para copiar uma delas, apenas para ter um momento de paz e concentração, pois seus desenhos eram horríveis.

A figura automaticamente substituiu a proteção de tela do seu celular, apagando o registro da mensagem. O texto, criptografado em uma imagem gráfica por uma senha de vinte e oito dígitos, fora encaminhado por uma rede privada e sem fio. Para isso, a pessoa precisava estar perto. Ruppel olhou à sua volta procurando alguém. Victoria?

21 Tavistock Street — 12 h — 8 dez

Carla sabia que Ruppel teria que trabalhar todos os dias da viagem. Ele não queria procurar desculpas para os eventuais encontros que poderiam ocorrer.
Apagou a foto do celular e foi ao encontro da esposa.

Ruppel estava cansado não só pela caminhada no shopping, mas pela tensão do dia. Além disso, não estava correndo. Sim, a corrida era sua válvula de escape. Sem ela, corpo e mente ficavam pesados. Ele trouxera seus tênis e dois conjuntos de roupa de frio para correr. Estava acostumado a se exercitar em temperaturas baixas. Quando morara em Brasília, algumas vezes chegou a correr na rua com dez graus. Como diziam os brasileiros que moravam em Londres, a qualquer marca abaixo dessa temperatura o frio era mais ou menos o mesmo. Ele realmente queria acreditar nisso. Amanhã faria sua primeira tentativa. A corrida faria sua mente funcionar melhor depois dos acontecimentos recentes.
Deitou-se, e o que ouviu a seguir foi o despertador tocando às seis horas. Carla, como sempre, não se mexeu. Ruppel vestiu o agasalho e partiu para a rua com o iPod.
O vento frio quase congelou suas orelhas, algo que não previra. Compraria uma touca de corrida com urgência. Curiosamente, não era o único maluco a correr naquela manhã gélida e cinza pelas ruas de Putney. Quando uma garoa começou a cair, imaginou-se pela primeira vez correndo na neve. Infelizmente a temperatura não estava tão baixa quanto no dia anterior. Teria que aguentar o casaco molhado e o frio sem qualquer atrativo.

Como corredor não chamava a atenção, portanto podia fazer uma boa inspeção no local sem levantar suspeitas. Essa era a segunda vantagem da corrida.

Correu em volta do hotel e memorizou as ruas que lhe davam acesso. A principal, Upper Richmond Road, estava em obras e parcialmente fechada, o que estreitava sobremaneira as saídas de carro. Aproveitou para traçar uma rota mais curta em direção aos meios de transportes públicos. Tanto o metrô quanto a estação de trem estavam a alguns metros dali.

Um corredor de blusa vermelha de mangas curtas e short passou por ele e o cumprimentou levemente com a cabeça. Como ele conseguia correr com aquela roupa? Ruppel tremeu inconscientemente de frio e continuou a observar a vizinhança. Em direção a Wandsworth, na direção oposta a Putney e à Comissão Naval Brasileira na Europa, a CNBE, havia um restaurante grego na esquina, além de uma lavanderia, um restaurante chinês e outro francês. Na calçada da frente, apenas residências e uma loja para lavagem de carros.

Ruppel deu a volta no quarteirão e se dirigiu para o outro lado. Cruzou com mais dois corredores, um casal com roupas apropriadas ao frio. O nariz vermelho da moça demonstrava que ela era tão normal quanto ele. Dois homens e uma mulher já estavam no ponto de ônibus. Ele quase não conseguiu ver seus rostos por causa dos cachecóis e das toucas.

Correndo em direção à CNBE, viu outras residências, a casa de vinho Majestic e um mercado, entre o restaurante Valentina e a estação de metrô. Do lado oposto, havia cabeleireiros, mais restaurantes, o pub Prince of Wales, a academia de ginástica Virgin Active e finalmente a Comissão Naval Brasileira, ainda sem a bandeira do Brasil hasteada devido ao horário.

Retornando para o hotel, Ruppel apressou o passo. Já estava correndo havia quase uma hora e não podia se atrasar. Deu uma rápida olhada nos carros estacionados e, enquanto se alongava na parte dos fundos do hotel, verificou todas as entradas, inclusive a da garagem, que dava acesso ao restaurante e a um espaço que provavelmente deveria servir para eventos.

Suado e bem disposto, acenou para a recepcionista e foi direto para o quarto. Com um mínimo de barulho, tomou banho, barbeou-se e foi tomar o café da manhã. Oito horas e o salão ainda estava vazio.

Ruppel saiu em direção a Putney High Street novamente. Crianças de várias idades e tamanhos, usando terninhos e gravatas, como em um filme de Harry Potter, iam para a escola. Uniformes pretos, roxos, verdes. Patinetes rosas, azuis, mochilas grandes e pequenas. Algumas pessoas corriam para pegar o ônibus em direção ao trabalho. Com copos de café que podiam ser do Nero, do Costa e da Starbucks, outras atravessavam a rua em passos apressados. Agora Putney estava acordada, bem diferente de duas horas atrás.

No celular, calculou a direção que deveria tomar. A rua do encontro era em Covent Garden, fácil de ir de metrô, e haveria tempo para familiarizar-se com os arredores do lugar antes da hora marcada.

Côte Bistrô era o lugar. Um restaurante francês muito aconchegante, ainda fechado àquela hora.

Já Covent Garden estava bem animado e natalino. Havia uma rena enorme, verde, feita de espuma, em frente ao mercado. Embora fossem dez horas da manhã, o lugar estava apinhado. Vários turistas andavam freneticamente em seus próprios transes, posando para fotos, enchendo as lojas, falando vários idiomas. O frio não os impediu de sair para a rua. Parecia um dia ensolarado de verão, exceto pelos casacos pesados, os cachecóis e as toucas coloridas.

Às dez para o meio-dia, Ruppel pediu uma mesa para dois isolada, longe da janela. Sentou-se e aguardou. Victoria chegou pontualmente. Acenou e avisou ao garçom que Ruppel a estava esperando.

— Como vai, comandante Ruppel?

Ela estendeu a mão para cumprimentá-lo. Ruppel levantou-se e pegou-lhe a mão.

— Muito bem, Victoria. Obrigado. E você?

— Muito bem.

Ela tirou o casaco e o garçom apareceu. O restaurante estava completamente vazio.

— Vocês querem pedir a bebida? — perguntou o garçom.

Ela olhou para Ruppel.

— Uma água para mim. Sem gás, por favor — disse ele.

— Gostaria de um suco de maçã, obrigada.

— E uma cesta de pães, por gentileza.

Assim que o garçom saiu, ela o encarou.

— Você está ansioso para saber sua missão, não é, comandante?

— Curioso, talvez. Pode me chamar de Rodolfo, Victoria.

— Tudo bem. Serei direta. A Marinha brasileira desenvolveu um projeto denominado Pré-Sal 2025, uma nova geração de submarinos, que comporá a sua frota. As especificações desses submarinos diesel-elétricos serão bem diferentes dos atuais submarinos convencionais e em uso ao redor do mundo: altas velocidades de trânsito, grande autonomia e grande capacidade de processamento acústico, capacidades associadas normalmente a submarinos nucleares. Como você bem sabe, os submarinos de propulsão convencional têm que submergir à superfície com regularidade para recarregarem as baterias. Cada minuto que passam fora os torna suscetíveis de serem detectados por aviões ou por navios de guerra. No entanto, o Pré-Sal 2025 trabalha com novas tecnologias na área de motores elétricos e armazenamento de energia que vão possibilitar maiores velocidades de trânsito, bem como maiores velocidades táticas e mais energia para os sistemas de gerenciamento de combate.

Ruppel estava começando a entender a missão. A descoberta de reservatórios de óleo leve encobertos por espessas camadas de sal abaixo do leito do mar brasileiro, o pré-sal, era a mais nova preocupação do governo. As rochas do pré-sal se estendiam por 800 quilômetros do litoral brasileiro, desde Santa Catarina até o Espírito Santo, chegando a atingir 200 quilômetros de largura.

Só no campo de Tupi, na Bacia de Santos, pesquisas deram conta de que haveria 10 bilhões de barris de petróleo, e a estimativa era que toda a camada do pré-sal contivesse 1,6 trilhão de metros cúbicos de gás e óleo. Desse modo, se a expectativa fosse confirmada, o Brasil ficaria entre os seis países com as maiores reservas de petróleo do mundo, atrás somente de Arábia Saudita, Irã, Iraque, Kuwait e Emirados Árabes. Ruppel sabia que agora, mais do que nunca, era necessária a utilização de todos os meios disponíveis para a proteção e a defesa dos 8,5 mil quilômetros do litoral brasileiro.

Além disso, a área marítima sob jurisdição nacional, os 3,6 milhões de quilômetros quadrados de zona econômica exclusiva somados aos 900 mil quilômetros quadrados de extensão que o Brasil reivindicava na Organização das Nações Unidas, a chamada "Amazônia Azul", representava um patrimônio de valor inestimável para o país.

— O Pré-Sal 2025 é a solução para minimizar o grande custo envolvido na aquisição de submarinos de propulsão nuclear. Estima-se hoje que os Estados Unidos, por exemplo, tenham gastado 300 bilhões de dólares em seus submarinos nucleares, dos quais 45 bilhões foram aplicados em pesquisa, desenvolvimento, testes, fabricação e na operação da propulsão nuclear. Esses custos incluem também toda a pesada estrutura de suporte, fabricação de reatores, manutenção, além da fabricação e armazenagem de combustível nuclear.

Os olhos dela brilhavam.

— Com essa tecnologia, o Brasil já cogita tornar-se um fabricante de submarinos convencionais e, se possível, um exportador.

Cada marinha que adotar as novas tecnologias em seus submarinos convencionais poderá aumentar sensivelmente sua área de influência e capacidade de dissuasão, por um custo muito menor do que o de aquisição e de operação de um submarino nuclear.

O garçom retornou com uma garrafa de água, um copo fino de suco de maçã, uma cesta de pães e azeite com vinagre balsâmico.

— Desejam fazer o pedido?

— Um *beef bourguignon*, por favor — pediu Victoria.

— Filé com fritas para mim.

Ruppel falou a primeira coisa que lhe veio à mente. Eles não tinham aberto o cardápio.

— Como gostaria do seu filé?

— Ao ponto, por favor.

O garçom saiu mais uma vez. Ruppel perguntou-se quantas interrupções ainda teriam.

— Mas não é só isso. O Brasil conseguiu juntar as duas tecnologias, a nuclear e a diesel-elétrica, num único submarino.

Ruppel agora estava confuso.

— Um híbrido?

— Exatamente. Um submarino com a nova tecnologia diesel-elétrica e, quando necessário...

— Energia nuclear.

— E com isso o projeto Pré-Sal 2025 reduziu a assinatura acústica, eletromagnética e térmica do novo submarino, o que transforma esse novo submarino convencional no submarino híbrido mais furtivo do mundo, impossível de ser detectado sem sensores sofisticados de última geração.

— Como a tecnologia Stealth — disse Ruppel. — Aquela que faz um avião ficar quase invisível ao radar.

— Exatamente. — Ela parou. — E soubemos que algumas pessoas estão prestes a ter acesso a todo o projeto.

— Quem são essas pessoas?

— Nós não sabemos.

— Quem somos *nós*? — perguntou ele, intrigado.

— O governo brasileiro.

— Você trabalha para o governo, então? — emendou, colocando o guardanapo sobre o colo.

— Trabalho. — Victoria repetiu o gesto.

— Sabemos de que país são essas pessoas?

— Não. Vários países podem estar envolvidos; mercenários, talvez. Eles venderão o projeto para o primeiro que se interessar.

— Como isso foi descoberto?

— Não temos os detalhes. Só sabemos que as pessoas já estão negociando. E já ofereceram a tecnologia aos Estados Unidos e à Inglaterra.

— Quais são os outros países?

— Primeiro, suspeitou-se da Rússia. O *Independent*, o jornal britânico, publicou uma história de que um submarino russo da classe Akula fora surpreendido tentando gravar a assinatura de submarinos Vanguard da Marinha Real Britânica. Se os russos pudessem obter as assinaturas acústicas dos submarinos Vanguard, isso afetaria seriamente a capacidade de deterrência nuclear britânica. O Akula seria capaz de rastrear o Vanguard e afundá-lo antes que este pudesse disparar seus mísseis.

O corpo de Victoria estava ligeiramente projetado para a frente. Com os braços sobre a mesa, parecia adorar a conversa.

— Mas o serviço secreto de inteligência britânico verificou que os russos não estão interessados no nosso projeto. Pelo menos por enquanto — continuou.

— O MI6 está conosco? — Ele não esperou a resposta. — E essas pessoas, as tais que querem roubar nosso projeto, já têm acesso a alguma parte dele?

— Não temos certeza.

Ruppel fechou as mãos.

— E é onde você entra — fitou-o diretamente nos olhos. — Primeiro temos que descobrir quem é o contato deles na Marinha do

Brasil. Depois disso, temos que descobrir se as pessoas já tiveram acesso ou não ao projeto, ou a parte dele. E, por último, recuperar o que porventura tiverem.

— E onde *você* entra nessa história? — perguntou Ruppel.

— Vamos trabalhar juntos. Em Londres, serei seu contato e passarei algumas instruções. Isso inclui Conrad Madison.

Ruppel imaginou-o alisando o bigode grisalho.

— Você deverá almoçar com ele assim que possível.

CAPÍTULO TRÊS

Terminaram de almoçar sem dizer uma palavra. Ruppel quebrou o silêncio.

— Deseja mais alguma coisa, Victoria? Uma sobremesa, um café?

— Não, obrigada. Vamos pedir a conta?

Ela estava pouco à vontade. Depois da conversa sobre o submarino, parecia não ter muito o que dizer, bem diferente da mulher do hotel na noite anterior.

— Você vai para o hotel agora? — perguntou Ruppel.

— Vou. Mas não estou mais no seu hotel. No domingo precisava vê-lo para reconhecê-lo na apresentação. Agora estou mais perto do meu trabalho.

— É uma pena... — Ele falou sem refletir.

Ela olhou para o outro lado, e Ruppel resolveu mudar de assunto.

— Posso saber como você entrou nesse mundo obscuro?

— É uma história muito longa... — ela começou.

— E você não tem muito tempo, você quer dizer.

Victoria sorriu pela primeira vez desde que chegara ao restaurante.

— Vamos nos encontrar mais vezes. Contarei em outra oportunidade.

— Aliás, boa escolha da pintura — disse Ruppel.

Ela franziu o cenho.

— Então não foi você quem mandou a mensagem. — Ele deduziu rápido. — Quem são as pessoas envolvidas na nossa missão?

— Só posso lhe dizer que sou o contato, Rodolfo. Não sou eu quem toma as decisões ou define a estratégia. Nem quem manda mensagens. A propósito, este é o número do meu celular, para quando você precisar falar comigo. Ele criptografa as ligações.

Ruppel também lhe deu seu número.

— Um toque é suficiente, e eu te ligo de volta — falou.

— Tenho seu número, obrigada.

Com esses telefones, Ruppel sabia que poderia falar em particular com Victoria. Eles operavam recebendo um sinal de áudio e digitalizando-o numa série de fluxo de dados, normalmente oito mil bits por segundo, que eram então misturados por um algoritmo cifrador interno. Os dados misturados eram decifrados por um código interno para convertê-los de volta ao áudio e poderem ser passados para a linha telefônica. O resultado, se fosse implantado corretamente, era extremamente difícil de descriptografar, mas, claro, não impossível.

Eles saíram do restaurante, apertaram-se as mãos e se despediram.

Ruppel precisava agir rápido. Primeiro, marcar o almoço com Conrad Madison. Se ele queria dizer algo a Ruppel, quanto antes melhor. Segundo, precisava de mais dados para poder adotar uma estratégia. Quem era Victoria? Para quem ela trabalhava? E Conrad Madison? E a Schmidt Technology?

Suspirou aliviado ao perceber que Carla não estava no hotel. Eram quase três horas da tarde, ela não demoraria a chegar. O almoço com Victoria não fora demorado, pelo menos não tanto quanto ele gostaria.

Precisava ligar para o comandante Húngaro. Até Madison lhe dissera para pegar instruções com seu chefe.

Checou o relógio de novo: horário do almoço no Brasil. Ao ouvir o som da voz metálica da secretária eletrônica, desligou.

Ruppel abriu a pasta e pegou o cartão de Conrad Madison.

— Shelter Company, boa tarde. — Uma voz feminina atendeu.

— Conrad Madison, por favor. É o comandante Ruppel falando.

— Ele estava esperando sua ligação, senhor. Aguarde um minuto, por favor, que passarei para ele.

Depois de alguns minutos, Ruppel reconheceu a voz.

— Ruppel, meu amigo. Vamos marcar nosso almoço?

Uma girada no bigode grisalho, provavelmente.

— É para isso que estou ligando.

— Pode ser amanhã? Perto do meu trabalho? Mando um carro te buscar.

— Não será necessário. Basta me dar o endereço que chegarei lá.

— Fora de questão — insistiu o outro. — O trânsito de Londres pode ser caótico às vezes, mas pelo menos você terá um pouco mais de conforto. Posso mandar buscá-lo às onze e meia?

— Perfeito. Estarei aguardando.

— Você falou com Húngaro?

Madison abaixou a voz, como no dia da apresentação.

— Falei — Ruppel mentiu.

— Ótimo. Vejo você amanhã, então.

O melhor lugar para tentar falar com o comandante Húngaro seria a CNBE. A Comissão Naval Brasileira na Europa tinha linhas criptografadas, e ele teria mais liberdade para conversar com o superior.

Ruppel deixou um bilhete para Carla. Ele teria que levá-la a algum outro lugar para entretê-la. Mais compras, cremes e perfumes. Talvez uma refeição também. Terminou a mensagem com um tom carinhoso.

* * *

O capitão de mar e guerra Cabral, presidente da CNBE, recebeu-o muito bem.

Eles já se conheciam de longa data; haviam servido juntos no primeiro navio em que Ruppel embarcou, quando ainda era um segundo-tenente. Desde aquela época, não se encontraram mais. O comandante Cabral não mudara muito, a não ser pelos cabelos grisalhos e uma barriga que se projetava por cima do cinto. Já seu comportamento era bem mais formal agora.

— Precisa de alguma coisa? — perguntou em seu tom calmo.

— Comandante, meu chefe está no Rio de Janeiro. Tenho tentado ligar pelo meu celular, mas não consigo. O senhor se importaria se eu tentasse daqui?

— Claro que não. Isso aqui ainda é a Marinha brasileira. Por favor, sinta-se em casa. Pedirei que o chefe do Departamento de Administração arrume um lugar apropriado.

— Muito obrigado, comandante.

O chefe do Departamento de Administração, o capitão de fragata Thomas, também o recebeu bem. Levou-o até uma sala e lhe deu total privacidade.

— Ruppel, estou na minha sala, caso precise de mais alguma coisa.

Ele deu um sorriso e fechou a porta.

Agora Ruppel precisava receber as instruções de como lidar com Madison.

— Gostaria de falar com o comandante Húngaro, por favor. É o comandante Ruppel.

— O comandante Húngaro foi para a reserva, senhor. Todas as correspondências e ligações estão sendo repassadas para o comandante Alfaro a partir de agora.

Ruppel mal podia acreditar no que ouvia. O comandante Húngaro na reserva? O vento forte assobiou lentamente lá fora, como uma canção fúnebre. A luz do dia se extinguiu, e a paisagem se tornou cinza e escura. A árvore balançava seus galhos vazios e parecia querer invadir a sala onde ele estava. A janela estremeceu violentamente, e Ruppel voltou à ligação.

O comandante Alfaro lhe era bem familiar. Era conhecido pelo comportamento imprevisível. Seus subordinados nunca sabiam se seriam recebidos profissionalmente ou aos gritos. Ruppel também podia se lembrar da gargalhada espalhafatosa e irônica. Agora ele estava sentado na cadeira do comandante Húngaro. O que estava acontecendo?

Ruppel recompôs-se.

— Estou ciente. Posso falar com o comandante Alfaro, por favor? — perguntou.

— Está incomunicável indefinidamente — disse a voz masculina neutra e desconhecida.

— Acho que não me identifiquei corretamente. Sou o comandante Ruppel e estou em missão em Londres. Preciso falar com ele com urgência — Ruppel insistiu.

— Ele sabe quem o senhor é.

Aquelas palavras ficaram ecoando nos ouvidos de Ruppel. Se ele sabia quem ele era e não queria atendê-lo, era porque talvez não soubesse da missão. E quem sabia, afinal?

Colocou o telefone na base.

Ruppel estava quase perdendo a esperança de que alguém atendesse quando uma voz feminina ofegante respondeu na casa do comandante Húngaro.

— Poderia falar com o comandante Húngaro? Aqui é o comandante Ruppel. Eu gostaria de...

A ligação foi interrompida.

Ele voltou para a sala do comandante Cabral e agradeceu mais uma vez.

— Resolveu seus problemas, Ruppel? — perguntou ele.
— Tudo resolvido, senhor.
Ruppel não sabia o porquê, mas teve a impressão de que o comandante Cabral sabia que estava mentindo.

Na ilógica esperança de que Carla ainda não tivesse chegado, Ruppel retornou ao hotel.
— Como você demorou!
O quarto estava uma bagunça, com pilhas de roupas sobre a cama. Enquanto falava, Carla colocava uma blusa ou uma calça diante dela e contemplava-se no espelho do armário, na dúvida de qual vestir.
— Já descobri um local ótimo para irmos. Encontrei uma brasileira numa loja e ela me deu várias dicas de compras...
Os lábios de Carla moviam-se em silêncio. Ele respondia com monossílabos, o que não parecia perturbá-la.
— Vamos logo, Rodolfo! Não sei até que horas esse local permanece aberto.
— Carla, não vamos ter mala para levar tanta coisa — calculou.
— Não se preocupe, já tenho tudo resolvido.
Ruppel imaginou que poderiam relaxar um pouco, ir a um restaurante e tomar uma taça de um bom vinho. Nada estava saindo como o esperado, nem com a missão nem com Carla. Tanta coisa para fazer em Londres, e ele passaria dez dias correndo por shoppings e lojas.

No dia seguinte, Ruppel acordou pensando no almoço com Madison. Ele ainda não sabia o que esperar. Às onze horas, desceu para o lobby e aguardou o motorista. Carla já saíra em busca de cremes, perfumes e roupas. Ruppel agradeceu por isso.

Levou quase uma hora para chegar ao destino. Foi uma viagem silenciosa, ele e o motorista pouco falaram, apenas trocavam olhares vez ou outra pelo retrovisor.

A BMW cinza metálica parou em frente ao restaurante Casa Mia, e o motorista, com voz grossa, desejou-lhe secamente uma boa refeição. Ruppel mal entrara no hall do restaurante e Madison já acenava para ele.

— Comandante, que prazer tê-lo aqui.

— É um prazer revê-lo, sr. Madison.

— Por favor, sejamos mais informais. Me chame de Conrad ou Madison, o que preferir. Afinal, tenho certeza de que esse encontro é o início de uma grande amizade.

O homem estava exuberante.

A conversa fluía. Eles tomaram uma garrafa de vinho tinto Chateauneuf du Pape 2001 com azeitonas, pães de alho, e almoçaram um delicioso espaguete. Madison, com um sorriso no canto do bigode, parecia interessado em tudo que Ruppel dizia e mantinha o tom da conversa amigável e ameno. Não tinha pressa em entrar no tema que trouxera Ruppel ali. Comida, o clima de Londres, viagens para o Brasil e para outras cidades da Inglaterra. Madison estava jogando xadrez, esperando pela melhor oportunidade de abordar o assunto.

— Vamos escolher as sobremesas? O garçom já está rondando nossa mesa — disse ele com um aceno.

Depois que fizeram o pedido, começou.

— Ruppel, você sabe o objetivo da empresa em que trabalho?

O tom de voz dele tornou-se mais sério. Ruppel terminou seu vinho e colocou a taça sobre a mesa.

— Tenho certa noção. É uma empresa de segurança.

Os sorvetes de *butterscotch* chegaram.

— Na verdade, é uma empresa de segurança global. Estamos operando há muitos anos, mas só agora no mercado naval. Já produzimos diversos tipos de mísseis, além de interceptadores e sistemas de defesa antimísseis. Estamos entrando em outro tipo de mercado também. Agora mesmo estamos projetando, sob encomenda, uma segunda geração de alvos para treinamento de guerra antissubmarina. Esses alvos simulam os movimentos e os sons de um submarino a diesel.

Ruppel ouviu com interesse, embora não soubesse aonde Madison queria chegar.

— No momento, estamos fazendo contato com várias marinhas para mostrar nosso trabalho.

— Esse foi o seu trabalho com a Diretoria de Sistema de Armas da Marinha — deduziu Ruppel.

— Exato. A Marinha do Brasil já é nossa cliente. Foi assim que conheci o Húngaro.

— Não estou entendendo — admitiu. — Se a Marinha do Brasil já é cliente, que negócio você gostaria de fazer comigo?

— Eu achava que Húngaro teria antecipado o assunto quando você falou com ele. Húngaro trabalha na minha empresa agora.

Ruppel quase se engasgou. Desde quando ele trabalhava na Shelter?

— E, antes que você me pergunte, foi Húngaro quem indicou o seu nome. Ele parece confiar muito no seu trabalho e nos convenceu de que você seria uma ótima aquisição para a Shelter.

— Olhe, Madison, fico muito lisonjeado com o convite, sinceramente, mas não tenho qualquer interesse em sair da Marinha — falou Ruppel.

Madison encheu ambos os copos.

— Meu amigo, você não entendeu. Você não sairá da Marinha.

Ruppel redobrou o guardanapo e colocou-o ao lado do prato, recuperando-se.

— Você está querendo me dizer que eu trabalharia na Shelter e na Marinha do Brasil ao mesmo tempo? Um informante?

Seria esse o trabalho do comandante Húngaro? O homem que estava vendendo o projeto Pré-Sal 2025? E, se fosse, por que ele o mandara para Londres?

— Você obteria alguma coisa que nos ajudasse em troca de um salário. E ainda teria a felicidade de trabalhar com seu antigo chefe — continuou Madison, brincando com a gravata em seus dedos.

— Que tipo de coisa? Contratos?

— Não. Não são contratos. Para que nossos produtos atendam perfeitamente às marinhas com que trabalhamos, precisamos de informações. É apenas uma questão de eficiência. Se soubermos exatamente do que as marinhas precisam, fica mais fácil atendê-las. Além disso, também podemos usar as informações para ajudar outras marinhas. É assim que uma empresa como a nossa permanece no mercado, Ruppel. Precisamos de um diferencial.

Madison falava naturalmente. Pelo menos estavam chegando ao ponto central da conversa.

— De que tipo de informações vocês precisam?

— Ruppel, estamos entrando num assunto muito específico.

Madison usou um tom cauteloso. Tirou uma Montblanc e um cartão branco do bolso de sua camisa e escreveu algo.

— Pense na minha proposta. Aqui tem uma quantia que você receberia por mês em troca de seus serviços.

Ele deslizou o cartão pela mesa, contudo Ruppel não baixou o olhar.

— O dinheiro seria depositado numa conta na Suíça, claro. Imagine o quanto a sua família ganharia com esse acordo lucrativo. As viagens que vocês poderiam fazer, os bons colégios que você poderia oferecer a seu filho. Ricardo, não é mesmo?

Ruppel gelou.

— Certo, Madison. Pensarei no assunto.

Ruppel pegou o cartão que estava sobre a mesa e o colocou discretamente no bolso do paletó.

Madison estava sorrindo como um urso lambuzado de mel quando Ruppel saiu do restaurante atrás dele.

* * *

Ruppel disse ao motorista que o deixasse no caminho.

Saiu do carro e não olhou para trás, ciente de que o motorista o observava pelo retrovisor. Imediatamente localizou a estação de metrô Knightsbridge, ao lado da maior loja de departamentos de Londres, a Harrods. Ocupando 20 mil metros quadrados da rua Brompton Road e com mais de trezentas lojas em seu interior, estava bem enfeitada de vermelho e dourado para o Natal. Diante das inúmeras pessoas que circulavam pelo local, quase não era possível ver as bonitas vitrines da loja. Carla certamente teria um dia cheio ali.

A entrada da estação estava concorrida, e ele teve dificuldade de passar pelas pessoas que se esbarravam entre sacolas e máquinas fotográficas gigantes. Precisava ligar para o comandante Húngaro e para Victoria. Pegou a linha Piccadilly em direção a Cockfosters.

A quantia oferecida por Madison era quase cinco vezes o seu salário. Guardou novamente o cartão ao ouvir o apito do metrô e desceu.

Hyde Park. Era incrível como, naquele frio, as pessoas ainda passeavam no parque. A neve já derretera, e os raios de sol timidamente brilhavam na grama molhada. Algumas grandes bolas brancas sinalizavam que ali haviam sido construídos bonecos de neve. Ruppel localizou um banco vazio e se sentou. Por alguns instantes, observou o local: uma criança desajeitada chutava a bola para uma mãe sorridente; um casal jogava um boneco de borracha para um labrador que latia e corria desesperadamente; duas moças com carrinhos de bebê, uma delas com gêmeos; e um homem sentado sozinho num banco mais adiante.

Estudou o sujeito por alguns minutos, porém a distância o impedia de ver detalhes. Roupas escuras, como quase todos ali, e um cachecol xadrez vermelho, estilo escocês.

Na privacidade de um banco londrino, Ruppel sentiu-se como um espião da Guerra Fria no Parque Gorky, em Moscou. Olhou para o seu poderoso pequeno aparelho e sorriu. Claro que sem essa tecnologia.

Talvez Victoria tivesse algumas respostas.

— Rodolfo?

Ela parecia apreensiva.

— Olá, Victoria. Preciso de algumas respostas.

— Entendo... Onde você está?

— Hyde Park, num banco congelado.

— Como foi seu almoço?

— Não consegui muita coisa. Ele me ofereceu um... uma oportunidade... e disse que meu chefe pode ter mudado suas alianças. A conversa continuará em outro almoço, presumo.

— Continuará?

— Sim, porque não dei a resposta. Quando comecei a fazer muitas perguntas, ele me mandou embora com algo para pensar. Você não ficou surpresa com isso tudo?

— Não, eu já sabia.

— E?

Ruppel queria respostas.

— Seu ex-chefe está em Londres.

Talvez ela estivesse esperando dele alguma surpresa.

— O ponto principal é se ele está ou não do lado certo — disse, impassível.

— Não será possível lhe dizer.

Ruppel começou a ficar irritado. Não estava sendo nada fácil trabalhar sem qualquer dado.

— Eu quis dizer é que não sei, Rodolfo — acrescentou Victoria com a voz cansada.

— Certo. Mas preciso dessa informação. Provavelmente encontrarei meu ex-chefe e terei que lhe perguntar pessoalmente. Vou para o hotel agora aguardar mais instruções. Não tenho mais nada a fazer.

— Desculpe-me, Rodolfo. Somos dois.

Ela parecia chateada.

Ruppel respirou fundo e se levantou. Caminhou devagar até o metrô e esperou o trem chegar. Olhou à sua volta, e lá, como uma etiqueta na perna de um pombo, estava o cachecol xadrez escocês.

Um metro e oitenta, oitenta e cinco, magro, cabelos castanho-escuros e pele morena. A barba por fazer lhe dava uma aparência desleixada, complementada pelas roupas amassadas. Mãos nos bolsos.

Ruppel pegou a linha Piccadilly em direção ao aeroporto de Heathrow, agora para fazer a conexão para Wimbledon, onde desceria em East Putney. Sua sombra o seguia. Quando chegou a Earl's Court para mudar de linha, resolveu andar mais devagar. O homem desapareceu. Ruppel chegou à plataforma da linha District e entrou no trem para Richmond. Logo viu o homem entrar pela porta paralela. Estava tão perto que não parecia preocupado em ser visto.

A porta do metrô ficou aberta por alguns minutos. Quando o sinal tocou e as portas do trem estavam quase fechadas, Ruppel forçou-as com o ombro e pulou rápido para fora do trem. O homem o observou e fez um ligeiro movimento com a cabeça, como se cumprimentasse Ruppel pela esperta façanha.

Agora ele realmente precisava de respostas.

CAPÍTULO QUATRO

O quarto estava escuro e ele piscou várias vezes tentando entender o que se passava. As imagens foram se formando na sua mente: Emma passava uma toalha molhada no seu rosto; o cheiro de vômito, as salsichas, as cervejas.

Seu estômago imediatamente roncou embrulhado. Ele olhou para os lados e levantou. Com o movimento brusco, o abajur caiu, fazendo um barulho abafado. Respirou fundo e fechou os olhos. Esforçou-se para pegar o objeto no chão e o acendeu. A luz imediatamente feriu seus olhos acostumados com a escuridão.

Sua cabeça ainda rodava, e o enjoo parecia não ter fim. Deitou-se novamente. A imagem de Emma limpando-lhe a boca o envergonhou. Não queria que ela o visse daquele jeito.

Estava sem camisa e sem sapatos, provavelmente retirados por ela. Ele não teria condições. Apesar disso, não sentia frio, o quarto estava aquecido e tinha um lençol florido sobre o corpo.

Aquele devia ser o quarto dela. A cama de solteiro encostada na parede. Uma mesa de madeira clara com espelho e uma cadeira. No quarto acarpetado não havia televisão.

Como quem ouvisse o barulho, Emma apareceu à porta.

— Você está melhor? Trouxe-lhe um pouco de chá.

Parecia ainda mais bonita. Na penumbra do abajur, os cabelos brilhavam como fios de ouro. O vestido simples dava-lhe um ar camponês, e a silhueta de seu corpo ficava visível à contraluz.

— Desculpe-me.

Ela suspirou e entrou no quarto. Colocou a caneca de chá na mesa de cabeceira e sentou-se na beira da cama. O vapor que saía da xícara fazia imagens estranhas na parede. Ele ainda estava tonto.

— Você não tem que se desculpar. Sei o que você está passando. Na verdade... preferia não saber.

Emma segurou-lhe a mão e passou-a delicadamente em seu rosto. Prendeu a respiração. Ele já tinha problemas o suficiente.

— Ele não chegou? — perguntou.

— Não.

A resposta foi seca. Ela puxou a mão.

— Você tem algo para lhe dizer?

— Não.

— Então, não deveria estar aqui quando chegasse. Ele não vai gostar.

Emma tinha razão. O que fazia ali? Talvez fosse somente a vontade de revê-la. Ele tentou sentar novamente e a cabeça rodou.

— Tente tomar um pouco de chá. Você precisa ir embora.

A voz dela estava doce novamente, como um punhado de mel. Ele fechou os olhos e respirou fundo. Cambaleando, sentou-se na cama. Ela pegou a caneca de chá e levou-lhe aos lábios.

O líquido quente e amargo que desceu pela sua garganta o despertou. Ele segurou a caneca e deu grandes goles até quase terminar o chá.

Emma tirou-lhe a caneca das mãos e sorriu levemente.

— Não beba tão rápido.

Ele olhou para ela, embevecido, feliz de tê-la a seu lado naquele momento, mesmo por pouco tempo.

— Você tem que ir — disse ela.

— Eu sei.

Ele se levantou com dificuldade e a tontura aumentou. Sentindo que cairia, apoiou-se em Emma, que o segurou, apertando seu braço com força. Seu corpo frágil não o aguentou, e ela cedeu.

Ele perdeu o equilíbrio e os dois caíram na cama. Ouviu a risada suave e sentiu uma vontade imensa de beijá-la. Emma tentou se levantar, mas ele não deixou.

Os olhos dela estavam assustados. Violeta, essa era a cor, agora ele podia ver. A boca entreaberta, como se fosse falar algo.

Os lábios deles se juntaram quase sem querer. O beijo foi suave e inocente. Suas mãos deslizaram pelo corpo dela, que correspondeu ao beijo. O cheiro de baunilha invadiu suas narinas. Por um instante, ele imaginou se aquilo realmente estava acontecendo ou se ainda estava sob o efeito do álcool. O que estava fazendo?

Abriu os olhos e viu os de Emma fechados. Não era um sonho.

Ela abriu os olhos devagar, a boca ainda trêmula. Emma desvencilhou-se dele, levantou-se, ajeitando a alça do vestido sem fitá-lo, e pegou a caneca de chá.

— Tem aspirinas no banheiro — disse ela, da porta. E saiu.

Emma era uma incógnita. Linda e doce, mas com relacionamentos perigosos. Muito perigosos.

Ele se levantou e fez um esforço para manter-se de pé. Esfregou a cabeça e foi direto para o banheiro em frente ao quarto.

Abriu a torneira enferrujada e olhou a água descer pelo ralo. Assim como sua vida, pensou. Molhou o rosto pálido, com olheiras e os cabelos crescidos, tentando dar-lhes alguma forma. Agora era difícil alguém imaginá-lo como um militar. Abriu o armário do espelho e procurou o remédio. O tubo de creme corporal chamou-lhe a atenção. Pegou o pote e cheirou-o. Baunilha.

Massageou a testa novamente e tentou concentrar-se no que fazia. Duas aspirinas, e esperava logo voltar ao normal.

Enxugou o rosto molhado na toalha branca e sentiu novamente o cheiro de Emma. Tinha que sair dali.

Quando chegou à sala, vestido, Emma desligou o telefone.

— Era ele?

— Pedi que comprasse algumas coisas para mim... para te dar tempo de ir embora. É o melhor que você tem a fazer.

— Preciso falar com ele, Emma.

Ela o olhava sem expressão. Bem diferente de momentos atrás.

— Concentre-se no que você tem que fazer. Você não quer pôr tudo a perder, quer?

Ela se virou e foi para a cozinha. Pegou os pratos que ainda estavam na mesa e jogou o resto de comida no lixo. Arrastava o garfo na cerâmica com violência, e o barulho agudo tilintava como pontadas na sua cabeça.

— Emma...

Ele se aproximou, e ela jogou o prato sujo na pia, que se partiu em dois.

— Não faça isso, Emma.

O sangue começou a escorrer. Emma abriu a torneira e lavou as mãos sem importar-se com o machucado.

— Deixe-me ver — disse ele com as mãos em seus ombros. Estavam bem próximos agora.

— Não foi nada.

Sem se virar, ela continuou.

— Por favor, vá embora.

A mistura da água com o sangue de Emma o hipnotizava. Olhou para as mãos delicadas e viu o corte, exatamente por cima de uma tatuagem. Duas pequenas cobras entrelaçadas, formando um oito. Ele suspirou e afastou-se um pouco.

— Vou para Londres e depois para o Brasil. Tudo o que eu tinha que fazer aqui, já fiz.

— Melhor assim. Volte e termine seu trabalho. Será melhor para todos nós.

— Você pode me ajudar?

— Tenho uma amiga em Londres, Nicole. É o máximo que posso fazer. O número está sobre a mesa.

Ele chegou mais perto novamente e beijou-lhe o pescoço. Pegou o papel e saiu, fechando a porta de leve. Tonto e sem condições de enfrentar qualquer pessoa, pegou o celular e viu uma ligação não atendida. Número desconhecido. Colocou o celular no bolso, cansado de tudo aquilo.

Não podia exigir nada de Emma. Desde o início, sabia que ela estava com eles. Mas tinha esperança de que percebesse o mal que eles estavam causando, de que ela pensasse nele.

CAPÍTULO CINCO

Victoria desligou o telefone. Ruppel tinha todos os motivos do mundo para estar irritado. Mas como ela mesma poderia saber o que estava acontecendo e manter a calma?

Desde que recebera sua missão, a vida de Victoria mudara. Quando começou a trabalhar na SchmidtTech, jamais imaginou que tanta coisa aconteceria. Apesar dos riscos, seu desejo de aventura e desafios fora maior do que qualquer coisa.

Victoria nunca considerara trabalhar na área de inteligência. Terminara a faculdade de engenharia naval e resolvera tentar uma vaga na Marinha do Brasil. Depois de alguns anos trabalhando na Diretoria de Engenharia Naval, recebeu um telefonema para uma reunião com o capitão de mar e guerra Alfaro. Essa decisão mudara toda a sua vida.

— Victoria, sabemos que a Schmidt Technology está lhe oferecendo um emprego na Alemanha — dissera o comandante Alfaro.

Os olhos negros pareciam ler sua alma.

— Isso é um assunto particular, comandante.

— Estamos observando-a há algum tempo, Victoria, e temos muito interesse nessa proposta.

— Como?

— Trabalho para o Centro de Inteligência da Marinha, o CIM, em Brasília.

O comandante Alfaro se encostou na cadeira. Nessa posição, pareceu ainda mais baixo e magro do que o normal. Apesar da seriedade do assunto, seu bigode preto lhe dava uma aparência debochada.

Era estranho que alguém em Brasília estivesse interessado na sua proposta de emprego; entretanto, ela não se intimidou.

— Temos informações de que um projeto nosso está sendo cobiçado por vários países. Existem algumas empresas que estão numa posição estratégica para nos ajudar.

Ele não estava sorrindo.

— O senhor está querendo dizer que a SchmidtTech está interessada no nosso projeto?

— Não, Victoria. É apenas uma questão de estratégia. Seria muito bom para nós ter alguém lá. Aceite a proposta deles e lhe ofereceremos a oportunidade de trabalhar conosco, no CIM.

— Isso é meio arriscado, não é? Se a SchmidtTech descobrir que sou uma informante, o mínimo que acontecerá será eu perder o emprego.

— Traição não é o que estamos procurando. Simplesmente precisamos de alguém de confiança na Alemanha que possa obter informações com as pessoas certas. A SchmidtTech tem negócios com as marinhas do mundo todo. Todos que poderiam estar interessados em nosso projeto têm negócios com a SchmidtTech. Você seria uma espécie de contato, entregaria alguns documentos para o nosso pessoal. Uma espécie de portador.

Victoria sentiu um frio na barriga. Precisava de mais detalhes, que, no entanto, viriam depois.

Em dois meses, o próprio diretor da SchmidtTech em Frankfurt lhe telefonou, agora com uma proposta mais consistente. Victoria pediu uma semana para refletir sobre o assunto. Se aceitasse a proposta da SchmidtTech, sua vida mudaria drasticamente. E ela nem estava cogitando a proposta da Marinha naquele momento.

Não era apenas o fato de mudar de país. E seu relacionamento com Edgar? Depois de quatro anos de namoro, viviam confortavelmente, cada um em seu próprio apartamento. Essa mudança poderia empurrá-los para a mesma cama ou separá-los definitivamente.

Victoria apenas comentara vagamente a proposta com Edgar. Agora eles tinham que conversar.

Todas as vezes que ela mencionava a hipótese de sair do Rio de Janeiro, Edgar cortava o assunto, como se estivessem falando de algo proibido ou repugnante. No início do relacionamento, quando ela estava prestando concurso para a Marinha, ele tentou dissuadi-la. Se ela conseguisse o emprego, poderia ir para qualquer lugar do Brasil, e eles ficariam separados por semanas. Edgar trabalhava numa empresa privada e não conseguia imaginar-se longe do Rio de Janeiro.

Naquela noite, na sala de estar, todas as suas previsões vieram à tona.

— Não entendi direito. Você está pensando em aceitar o emprego na Alemanha? E quanto a mim? Você se lembrou de mim nessa história toda? Você está terminando comigo?

— Não, Edgar. Esse emprego é uma grande oportunidade para mim. O trabalho é muito interessante e envolvente. Não quero perder essa chance.

De repente, ao falar com Edgar, ela percebeu o quanto queria ir para a Alemanha.

Ele argumentou o quanto podia. Mas Victoria já se decidira. A conversa terminou em um tom pouco amigável.

Após dois dias de silêncio, em que Edgar não lhe telefonara nem fora à sua casa, Victoria foi surpreendida na saída do trabalho por um ramo de rosas vermelhas. Nele, havia um cartão e um convite para ir a um restaurante.

Ele certamente usaria todas as armas para demovê-la da ideia de ir para a Alemanha, mas ela se surpreendeu com os acontecimentos.

— Victoria, amo você e estou disposto a ir para a Alemanha se se casar comigo. Já verifiquei tudo no meu trabalho, e eles aceitaram muito bem a ideia de eu ir para lá. Aliás, até me disseram que pagarão um mestrado para mim em Frankfurt. É para lá que vamos, não é?

Edgar não parava de falar. Planos e planos sobre o casamento e a viagem. Victoria estava atônita. Uma coisa era namorar Edgar, outra era casar e viver com ele na Alemanha. Ele era como um grande amigo. Gostavam das mesmas coisas, das mesmas músicas e dos mesmos filmes. Casamento? Seria um passo muito grande.

— Calma, Edgar. Você está me assustando. Precisamos pensar mais sobre isso.

— Não temos que pensar, Victoria. Já pensamos muito. São quatro anos juntos. Se continuarmos pensando, vamos deixar a vida escorregar pelos dedos. Quero me casar e aproveitar a vida com você.

— Como você vai para a Alemanha? Desde quando você fala alemão?

— Isso são detalhes, Victoria. O que importa é que estaremos juntos para o resto de nossas vidas. Estou tão feliz!

As semanas seguintes foram uma loucura. Victoria envolvida nos preparativos para a viagem, para o novo emprego e para o casamento. De vez em quando, pegava-se pensando se fazia a coisa certa. Edgar estava obcecado com o casamento, havia tomado a frente de todos os preparativos: bufê, listas de convidados, salão.

A cerimônia do casamento seria simples, não dava tempo de planejar uma grande festa. Seus pais e amigos mais chegados não ficaram tão animados com a feliz notícia. Edgar era, para não dizer antissocial, difícil de se relacionar, mesmo quando tentava ser simpático. Gostava de conversar com Victoria e os amigos dele, mas estava sempre entediado com outras pessoas. Foram quatro anos de poucas visitas aos pais de Victoria e poucas saídas com os amigos dela.

A última viagem à casa do pai dela fora um desastre. Ele lhe falou que nunca mais queria ver o genro sob seu teto. Um comentário irônico sobre a vida da mãe de Victoria fizera o pai bufar de raiva. O casamento seria um desafio.

Victoria estava tão atordoada com tantas coisas acontecendo que esqueceu a proposta do CIM. No último dia de trabalho na Marinha, o comandante Alfaro estava no Rio de Janeiro, aguardando-a para uma conversa. Victoria gelou. Mais um problema. Todavia, para isso ela não podia contar com a ajuda de ninguém. A decisão era apenas sua.

Victoria e o comandante Alfaro combinaram de se encontrar à tarde. Ela sabia que lhe devia uma resposta, mas não sabia o que dizer.

Foi uma meia hora bem tranquila. Ele não a pressionou e foi convincente em seus argumentos. A Marinha do Brasil precisava de alguém na Alemanha permanentemente para servir de contato nessa missão, e Victoria era de confiança, competente e, sobretudo, inteligente. Além disso, não seria necessário violar as regras na empresa em que ela trabalharia. As atividades seriam realizadas fora da SchmidtTech.

Sob essa perspectiva, tudo era muito simples. Victoria seria um contato, faria alguns encontros, entregaria alguns envelopes e ainda estaria ajudando seu país sem trair seus empregadores. Sentiu-se honrada de ter sido escolhida para essa missão e feliz com a imagem que a Marinha tinha dela. O comandante Alfaro foi muito convincente.

— Quando receberei minhas instruções?

— Assim que estiver instalada, me ligue e conversaremos. Preciso apenas que você memorize o que está escrito neste papel.

Victoria abriu o papel e segurou a vontade de rir.

— Isso é sério, comandante?

O semblante do comandante Alfaro era sério.

— Isso é uma frase-senha que você deve usar sempre que for necessário abrir um arquivo. Não a anote em lugar algum e não a esqueça.

Isso acontecera havia dois anos. Victoria agora estava casada com Edgar, vivendo respeitavelmente em Frankfurt, e era uma funcionária confiável da SchmidtTech. Falara apenas uma vez com o comandante Alfaro para lhe passar seu endereço e telefones.

Cerca de dois meses antes, recebera o primeiro telefonema da Marinha. Os preparativos para a missão começariam, mas o comandante Alfaro não poderia dizer nada além disso. Organize-se para viajar, foi o resumo do que dissera.

Duas semanas depois, o sr. Kant, seu chefe na SchmidtTech, informou-lhe que ela iria a Londres para a apresentação do sistema em que estava trabalhando com Felipe Martinez nos últimos dez meses.

O sr. Kant, um alemão de quase dois metros de altura, era como um gigante de cabelos ruivos ondulados e voz grossa. Apesar da aparência tosca, tinha um excelente coração e, o mais importante, confiava inteiramente em Victoria. Ele se surpreenderia se soubesse que ela estava fazendo um trabalho para a Marinha brasileira. Victoria parecia completamente dedicada à empresa.

Por ora, Edgar estava entretido com o mestrado. Como ele ocuparia o tempo quando terminasse de escrever a dissertação no fim do ano, ela não sabia.

Uma semana antes de sua viagem para Londres, o comandante Alfaro telefonou:

— Tudo pronto para a viagem a Londres?

Como o comandante sabia da viagem?

— Você receberá hoje, por um portador, uma caixa com todas as instruções.

Antes de desligar, disse uma última frase:

— Tome cuidado, Victoria.

A caixa chegou como esperado. Ela assinou um recibo e viu-se segurando um embrulho semelhante a uma correspondência qualquer.

O pacote revelou um celular com ligações criptografadas e um envelope com um pequeno CD. Victoria ligou o notebook, colocou o disco e esperou. Finalmente usaria a frase memorizada, com o que vinha sonhando nos últimos dois anos.

A encomenda explicava tudo: o projeto de um submarino brasileiro híbrido, parte a diesel, parte nuclear, e as instruções para encontrar-se com o capitão de corveta Ruppel, da Marinha do Brasil, na sua apresentação em Londres e dizer-lhe outra frase-senha. O encontro seria ao meio-dia no restaurante Côte Bistrô, a fim de deixá-lo a par de toda a situação. Ele era o verdadeiro espião, e Victoria, apenas a garota das instruções. A razão das suas ações não estava transparente, mas ela saberia o motivo depois. Por fim, havia o nome do hotel em que Ruppel estava hospedado e seu telefone, criptografado como o dela. As outras instruções seriam dadas pelo celular. Inconscientemente, Victoria passou a língua nos lábios enquanto lia: não discutir o assunto com amigos ou familiares, questão de segurança nacional.

Um submarino híbrido? Como engenheira naval, Victoria estava muito animada. Era a criação do século.

Quando chegou a Londres, seu coração palpitara enérgico. A cidade estava linda, com várias decorações de Natal. Reservou um dia no hotel perto da Comissão Naval Brasileira na Europa, a CNBE, e uma reserva maior num hotel próximo ao escritório da SchmidtTech, em Canary Wharf.

Quando chegou o dia, o encontro fora bastante natural. Conversaram por quase uma hora, e ela ficou bem surpresa. Não esperava que o comandante fosse tão jovem e charmoso.

Logo depois, Victoria recebeu mais instruções por telefone. Uma pessoa com voz estranha lhe pedira que avisasse a Ruppel para obter o máximo de informações de Conrad Madison.

Victoria fizera algumas perguntas, e a voz prontamente respondera. O envolvimento do MI6, além de outras coisas. Estava feliz por ter tantas informações, não queria parecer um simples pombo-correio.

Agora estava envolvida e empolgada com a missão e apreciava sobretudo conversar com Ruppel sobre isso.

A voz também lhe dissera que o chefe de Ruppel, o comandante Húngaro, estava em Londres e trabalhando na empresa americana em que Conrad Madison trabalhava, a Shelter. Isso não era estranho? Observe a reação de Ruppel, disse a voz, se quer saber se isso é bom ou ruim.

Quando terminou de falar com Ruppel ao telefone, Victoria estava frustrada. Ele se irritara e se voltara contra ela. Por que a voz não poderia falar com Ruppel diretamente?

Um toque de telefone a tirou do devaneio. Era a voz novamente. Victoria recompôs-se.

— Como está Ruppel? — perguntou.

Irritado, como eu.

Não houve tempo para resposta.

— Prepare-se para mais uma viagem. — A voz disse a ela. — Desta vez, você saberá de antemão para onde terá que ir: Paris.

CAPÍTULO SEIS

De dentro do chuveiro, Ruppel ouviu o celular tocar. Enrolou-se na toalha e correu para atendê-lo.
Número não identificado.
— Finalmente o encontrei.
Era o comandante Húngaro.
— Sei que você deve estar apreensivo, é melhor conversarmos pessoalmente enquanto eu estiver em Londres.
— Onde o senhor está? Posso encontrá-lo, se quiser.
— Putney não é apropriado, por causa da CNBE. Há um pub perto do metrô de Wimbledon, à direita, chamado The Alexandra. Daqui a uma hora lá?
— Estarei lá, comandante.
Ruppel estava eufórico. O comandante Húngaro teria respostas. De qualquer forma, deveria ser cauteloso. Fora da Marinha e com Conrad Madison, na Shelter, não era bom sinal. Talvez Húngaro tivesse uma boa explicação. Ou não.
Ruppel escreveu um bilhete para Carla avisando que chegaria em duas ou três horas. Pediu-lhe que pensasse em algum lugar para jantarem. Esses tons carinhosos nos bilhetes estavam ficando jocosos, mesmo para ele.

* * *

O comandante Húngaro estava perto da janela. Parecia mais velho que nos encontros no Brasil. Sua postura e aparência eram de um expatriado cansado. Seus cabelos castanho-escuros estavam um pouco mais grisalhos e cheios do que de costume, e haviam perdido o corte militar após a saída da Marinha. Também estava um pouco mais gordo, o suficiente para o rosto estar mais redondo e os olhos quase esbugalhados.

Ao avistar Ruppel, tentou sorrir e levantou o copo de cerveja. Ruppel sentou-se à mesa e, ao contrário de sua companhia, manteve-se sério.

— O que está acontecendo, chefe?

— É uma longa história, Ruppel.

Tentou endireitar-se na cadeira.

— Tenho todo o tempo do mundo. — E parou. — Estou ansioso para saber o que diabos está havendo.

— Sei que você deve estar um pouco chateado com os últimos acontecimentos, sem entender bem e tudo o mais — começou o comandante Húngaro.

— Eu não diria chateado, comandante.

— Eu sei, eu sei. — Ele suspirou. — Bom, você saberá de tudo e vai entender por que eu não podia me comunicar com você.

— Nem o senhor nem ninguém em sua casa.

— Você ligou para lá?

— Claro. — Ruppel não estava se desculpando. — Alguém atendeu e desligou o telefone.

— Dei ordens expressas à minha esposa de não falar com ninguém da Marinha.

O comandante Húngaro tomou um gole da cerveja. Estava procurando as palavras certas.

— Minha reserva foi planejada, Ruppel. O CIM armou essa estratégia, estou trabalhando infiltrado na Shelter. Temos certeza de que é de lá a pessoa que está em poder de uma parte do nosso projeto. Talvez o próprio Madison.

Ele continuou entre um gole e outro.

— A Shelter está ansiosa por essa faixa no mercado, e nosso projeto vale bilhões de dólares.

— Já está confirmado, então, que eles têm uma parte do projeto?

— Sim. E estamos investigando o escritório da Marinha em Houilles, na França, pois suspeitamos de que uma parte dessa informação tenha vazado de lá.

O escritório técnico do programa de desenvolvimento de submarinos na França era localizado na base da Marinha francesa Centre Commandant Millé, em Houilles, a meia hora de Paris, lembrou-se Ruppel. Lá era realizada parte da logística do acordo militar com a França para a construção dos submarinos brasileiros.

O comandante Húngaro tomou outro gole da cerveja.

— O problema é que não contávamos com meu substituto na Diretoria de Sistemas de Armas.

— O comandante Alfaro?

— Exato. Ele é perigoso, não sabemos exatamente o que está tramando. Já interceptamos várias ligações telefônicas dele para a Shelter. E também está no CIM, mas sob investigação, neste momento. Os métodos dele não são ortodoxos, e tem usado uma civil sem experiência alguma. Talvez esteja manipulando as informações. Também não sabemos se a civil é confiável.

Ruppel parou para processar as últimas informações.

— Não entendi direito, comandante. Quer dizer que meu chefe, o comandante Alfaro, não é confiável? A quem devo me reportar, então?

— O melhor a fazer agora é não entrar em contato com Alfaro. Você já falou com ele alguma vez desde que está aqui?

— Tentei, mas não me atendeu.

— Suspeito, não?

O comandante Húngaro apreciou a cerveja enquanto fazia movimentos circulares com o copo.

— Tem outra coisa, Ruppel. A civil que ele vem usando é Victoria Borges.

Ruppel passou a mão no queixo onde a barba teimava em aparecer.

— Como?

— Você a conhece, não é mesmo?

— Se eu a conheço? Ela é meu contato. É quem tem me passado as instruções desde que cheguei. Isso é alguma brincadeira?

— Bom, temos três cenários, Ruppel. Alfaro trabalha conosco e tem usado a Victoria simplesmente em prol da missão. — Húngaro limpou a garganta. — Ele é o responsável pelo vazamento do projeto. — Ruppel mexeu-se desconfortavelmente na cadeira. — Alfaro e Victoria estão juntos nisso.

Ruppel não estava mais acompanhando. Victoria o enganara no dia em que se conheceram. Estaria ela o enganando todo esse tempo?

— Ruppel, entendo sua decepção, realmente entendo. Receber instruções do outro lado e não saber mais o certo a fazer... Eu estava nessa situação e também não podia confiar em ninguém. Eu lhe avisei isso quando o recrutei, quando o CIM o escolheu. Você já trabalhou para eles, sabe como isso funciona...

— Tudo bem, comandante. Vamos imaginar que tudo isto seja verdade, que Victoria e o comandante Alfaro trabalham para o outro lado. O que devo fazer agora?

— Você? Vai continuar agindo da mesma forma. Seguirá as instruções de Victoria como se não desconfiasse de nada e tentará descobrir o máximo que puder. Ainda tem uma semana e meia, até lá muita coisa pode acontecer. Só tome cuidado e sempre me mantenha informado de todos os seus passos. Ficarei em Londres aguardando os acontecimentos.

— Certo, comandante. Farei como o senhor está dizendo. Só mais uma pergunta: por que o senhor me indicou para o Madison como um pretendente a informante?

O comandante Húngaro não se apressou em responder. Tomou mais uns goles de cerveja, passou a mão nos cabelos e começou:

— Certo, vejo que está um pouco desconfiado. A despeito de todo o dinheiro envolvido, a resposta é simples. Eu tinha que arrumar um encontro entre você e Madison, para você tentar se infiltrar também. Claro que ele não é nenhum principiante e desconfiaria de você assim que o visse. Se ele soubesse que você tinha um preço e que estaria disposto a trair a Marinha por dinheiro, talvez abrisse o jogo.

Ruppel imaginou-o alisando o bigode.

O comandante Húngaro continuou:

— Quando vai encontrá-lo de novo?

— Não sei ainda. Falei que pensaria sobre a proposta de emprego.

— Vamos vencer essa, Ruppel. Logo pegaremos nosso traidor.

Ruppel foi para o hotel sem saber o que pensar. Toda aquela história era muito estranha, mas fazia algum sentido. Seria possível Victoria estar trabalhando para o outro lado? Ela estaria sendo enganada também? Sua atração instantânea por ela o fizera ser descuidado. Não havia mais espaço para isso.

O dia estava escurecendo rápido. Não eram nem cinco horas da tarde e já parecia noite. Ruppel torcia para que Carla estivesse pronta para poderem sair, pois queria voltar cedo e tentar descansar. Estava exausto.

Arthur estava no lobby do hotel. Ao ver Ruppel, abriu um sorriso.

— Olá, Ruppel. Nem o vi por esses dias. Onde estava se escondendo?

Arthur, Arthur. Ele se esquecera de Arthur.

— Ah, apenas fazendo compras. Achei que você já tivesse voltado para o Brasil.

— Ainda não, volto amanhã à noite. A inspeção terminou hoje. Aliás, acabei de chegar de Plymouth, onde a fragata britânica estava. Um grande navio, por sinal. Recomendarei com empenho a compra dele. O comandante Thomas, da CNBE, me convidou para tomar uma *pint* de cerveja. Quer ir conosco?

— Carla está me esperando para jantar. — Ruppel assumiu uma expressão chateada.

— A esposa do Thomas também vai. Ele me disse que a comida é deliciosa lá.

Ruppel riu. Quase esquecera também que Arthur só pensava em navios e comida.

— Obrigado assim mesmo. Acho que comeremos aqui perto e vamos dormir cedo.

— Você está com ar de cansaço — disse Arthur, olhando-o de cima a baixo. — Quando vai para casa mesmo?

Arthur não queria terminar a conversa.

— Antes do que gostaria. Esta época do ano é bem bonita aqui, não é? Bem que eu gostaria de ficar mais. Boa noite, Arthur.

Ruppel saiu rápido para as escadas, antes que o colega puxasse mais conversa.

Quando abriu a porta do quarto, Carla estava na cama com o computador.

— Espero que você não se incomode de eu ter pegado o seu notebook. Queria falar com a mamãe e com o Ricardo, e não aguentei ficar lá embaixo porque está muito frio — começou ela.

— Desde quando você sabe o segredo da minha maleta?

— Desde sempre. Eu o vejo abrir essa maleta várias vezes.

— Carla, esse computador é de trabalho. Aliás, ele nem é meu, é da Marinha. Você não deveria usá-lo.

Carla fitou-o sem expressão.

— Você está vendo? Nada do que faço te agrada. Você sempre critica minhas ações. Estou todos esses dias aqui sozinha, e você mal chegou já começa a brigar comigo.

Eles nunca conversaram sobre essas atividades extras do trabalho de Ruppel, e não seria agora que fariam isso.

— Sei que você está se sentindo sozinha, amor, mas avisei que estava vindo a trabalho.

— Eu não queria vir, você insistiu — disse ela.

— Eu sei, amor. Insisti porque queria ficar com você. — Não foi bem isso que acontecera. — Achei que teria mais tempo para nós dois. Desculpe, a viagem vai melhorar, tudo bem? O que você decidiu para hoje à noite? — Ruppel desculpou-se.

— Não quero sair. Está muito frio lá fora. Não suporto esse frio. Ela fungou.

— Você quer jantar no restaurante do hotel?

— Pode ser, só vou acabar de me arrumar. Aliás, você pode desligar o computador?

Ruppel viu um pouco de alegria em Carla, que deixou o computador sobre a cama e foi para o banheiro.

— Vou só retocar minha maquiagem. Cinco minutos, está bem?

Carla fechou a porta do banheiro, e Ruppel pegou o computador para desligá-lo. A tela apresentava uma página de correio eletrônico já desconectada. Ele aproveitou para verificar se o notebook tinha alguma informação comprometedora.

Carla saiu do banheiro um pouco melhor. Parecia feliz de descer para jantar.

— Podemos ir?

— Só mais um minuto, o computador travou na hora que desliguei.

Eles saíram do quarto e passaram pelo lobby. Arthur ainda estava lá e aproximou-se deles. Ruppel não teve alternativa senão apresentá-lo a Carla.

— Carla, esse é Arthur. Estávamos trabalhando juntos. Ele é da Diretoria de Engenharia Naval.
— Como vai, Carla? Tem se divertido aqui em Londres?
— Não muito. Aqui faz muito frio, não estou acostumada com essa temperatura. E, além do mais, meu marido só vive trabalhando.
— Mas pelo menos você pode provar as delícias da culinária inglesa, não é? Estou adorando.
— É, acho que não...
Carla deu de ombros.
Ruppel tentou encerrar a conversa.
— Bom passeio para você hoje à noite.
Ele deu uma leve batida nas costas de Arthur.
— Obrigado. É minha última noite aqui — explicou a Carla.
— Ainda vamos ficar mais uma semana — disse ela.
Arthur arregalou os olhos, que pareceram maiores atrás das lentes dos óculos pretos.
— Isso tudo? Eles o estão mantendo ocupado, não estão, Ruppel?
— Parte do trabalho.
Arthur não precisou de cinco minutos para tirar de Carla a informação que Ruppel conseguira esconder mais cedo.
— Você me parece tão familiar, Carla. Já nos vimos antes?
— Não que eu me lembre.
Ruppel intercedeu.
— Boa noite, agora, meu caro.
Ainda teve tempo de ver a expressão intrigada de Arthur quando puxou Carla para o restaurante.
Carla estava curiosa.
— Por que teremos que ficar tanto tempo aqui em Londres se seu amigo já vai embora amanhã?
— Somos de diretorias diferentes e fazemos trabalhos diferentes. Eu nem sabia quando ele voltaria para o Brasil. — Ruppel abriu o cardápio. — Você vai comer peixe, carne, frango ou massa?

— Não sei... — respondeu Carla, abrindo o cardápio. — Que tal *fish and chips*? — Ela parecia já ter se esquecido da conversa. — Mas eles também têm *sausage and mashed potato*? Com aquele molho gravy... Qual é o mais tradicional? Aqui tem tantos pratos...

O jantar terminou com Ruppel em silêncio. Carla não tinha pressa.

— Preciso dormir — disse. — Amanhã terei um dia cheio.

— Você é quem sabe.

Eles subiram de mãos dadas. Carla entrou direto no banheiro, e ele aproveitou para checar o celular. Uma mensagem não lida. Na proteção de tela, *Os girassóis*, de Van Gogh. Desta vez, a quarta versão, a mesma exposta na National Gallery, com quinze girassóis na jarra num fundo amarelo. Ele já vira essa pintura muitas vezes, mas nunca tivera chance de mostrá-la a Carla.

O mesmo procedimento se seguiu. Mensagem excluída, senha digitada e o texto apareceu na tela:

Paris. Sexta a domingo. Aguardar detalhes às 9 da manhã.

CAPÍTULO SETE

Victoria olhou em volta da mesa do pub e imaginou se algum dos seus colegas tinha noção do que ela estava fazendo. Seu telefone vibrou despercebido dentro da bolsa. Dos quatro engenheiros sentados à mesa, apenas Felipe Martinez, seu colega da filial de Frankfurt, conhecia-a melhor. Passou a mão repetidamente nos cabelos.

Chileno há dez anos na Alemanha, Felipe conhecia bem os problemas vividos por um estrangeiro naquele país, o que os aproximara assim que ela chegara à empresa. Não era apenas a dificuldade da língua, mas os costumes, diferentes dos países da América do Sul. Faltavam as amizades, as conversas mais íntimas e a paixão. Não que o povo alemão fosse seco ou frio. Eles eram até muito divertidos e sorridentes, mas, na concepção dela, distantes.

Victoria várias vezes recorrera a Felipe. Além dos vários colegas que ele fizera em Frankfurt, era experiente e despojado. Seus grandes olhos verdes combinavam perfeitamente com seus cabelos lisos pretos e a pele morena, e ele usava todo o seu charme para conseguir o que queria.

— Está tudo bem? — perguntou.

Havia um brilho diferente em seus olhos.

Ela respondeu com um sorriso, dando a entender que eram as dificuldades de sempre.

Felipe conhecia o problema de saúde na família de Victoria. Quando ela se afastara por uma semana do trabalho há um ano, apenas ele soubera de alguns detalhes. Estavam no meio de um projeto de um sonar para submarinos naquela semana.

A crise de transtorno bipolar de humor do marido de Victoria era confidencial. Durante as semanas que antecederam o diagnóstico, Edgar apresentara oscilações e mudanças cíclicas de humor que variaram de alterações normais nos estados de tristeza e alegria a mudanças patológicas, como mania ou depressão. Lavava a louça da cozinha repetidas vezes ou acordava às três da manhã para tocar violão ou dobrar todas as camisas.

Victoria soubera da doença do marido antes de se casar. Edgar fizera questão de colocá-la a par de tudo. Sua doença era controlada por medicamentos e por sessões psiquiátricas. Quando se mudaram para a Alemanha, Edgar sentiu-se curado e considerou-se um novo homem.

Foi quando resolveu, por conta própria, parar de tomar os remédios. Gradualmente, os primeiros sinais foram voltando — melancolia e depressão, insônias, inabilidade para concentrar-se ou decidir qualquer coisa, mesmo uma simples roupa para sair pela manhã. Victoria ainda lembrava o dia em que percebeu os sintomas da doença. Era como um cheiro que ela sentisse suavemente, um vazamento de gás, talvez.

— Você ainda não se vestiu, Edgar? Não conseguirei chegar ao trabalho na hora.

Edgar estava sentado na beira da cama com a toalha enrolada na cintura.

— Não sei que roupa...

Seu corpo magro estava curvado, e Edgar segurava a cabeça com as mãos.

— Não sei o que vestir...

Ela se sentou a seu lado e passou-lhe a mão nas costas. Era como se estivessem em velocidades diferentes.

— Você não quer colocar aquele seu jeans escuro e a camisa azul? A que horas começa a aula?

Edgar virou-se em direção à porta do quarto. Seus olhos cinzentos estavam sem expressão.

— Não sei... — Ele olhou para ela. — Realmente não sei. — murmurou.

— Que tal ficar em casa hoje? — sugeriu Victoria.

Os olhos dela encheram-se de lágrimas.

Depois disso, Victoria resolveu que ficaria em casa para cuidar do marido.

Certa vez, chegara em casa e o encontrara debruçado na varanda. Correu em sua direção e segurou seu braço, ofegante.

— O que você estava fazendo?

Ele se virou para ela.

— Eu? Nada. — Respirava rápido. — Eu queria muito voar, sabia? — Edgar contemplou o céu. — Você já pensou em voar? — Deu um sorriso fraco.

A doença teve um grande impacto na vida de Victoria. Num país distante e sem a ajuda de ninguém, foi muito difícil convencê-lo a voltar à medicação. Foram cinco dias sem dormir. Edgar não desgrudava dela nem por um minuto, pois achava que Victoria o abandonaria. Seu comportamento variava de amoroso a agressivo, como se encenasse personagens. Ela frequentemente achava que o marido a estava testando com palavras.

Após longos dias, Edgar voltou a medicar-se e se restabeleceu. Ele não era mais escravo do transtorno obsessivo-compulsivo, um fantasista, uma criança num momento e um valentão noutro.

Victoria voltou a trabalhar e a vida seguiu. Porém, a qualquer momento tudo poderia voltar a ser como antes.

Felipe ainda aguardava uma resposta, era um bom colega. Se ao menos ela pudesse desabafar com alguém sobre Edgar, sobre a Marinha. Victoria levantou-se e pegou a bolsa.

— Com licença.

A conversa continuou atrás dela.

— Victoria, sei que você tem muitas dúvidas, mas não sou uma esfinge — disse a voz. — O que posso lhe dizer é que o CIM sabe que o comandante Húngaro é nosso homem. Ele está a um passo de conseguir todo o projeto e vendê-lo a Shelter. Não posso lhe dizer mais nada.

— Você não pode me envolver nessa trama e me deixar no escuro! Tenho o direito de saber! — Victoria tremeu. — Ruppel está trabalhando para o comandante Húngaro?

— Não temos certeza. Por isso pedi que você observasse a reação dele ao saber que Húngaro estava na Shelter. Estamos na cola dele.

Victoria suspirou do outro lado.

— Não se preocupe, sabemos o que estamos fazendo no MI6. — A voz parou, esperando uma reação que não veio. — Sua passagem é para sexta-feira. Ligue para Ruppel às nove da manhã e passe os detalhes.

Carla abriu calmamente a porta do banheiro.

— Eu queria falar com Ricardo de novo. Você pode me emprestar o notebook?

— Antes, preciso conversar com você.

Carla sentou-se na cama e franziu a testa.

— O que fiz agora? Você está tão sério.

Ruppel sabia que tinha que ser cauteloso.

— Estamos com um problema: preciso viajar neste fim de semana mas não posso levá-la. E não acho justo deixá-la aqui sozinha. — Ele pegou a mão de Carla. — Quero que você volte para o Brasil.

— Na sexta? — perguntou ela sem nenhuma expressão no rosto.

— Sim, trocarei sua passagem para sexta-feira de manhã.

— Tudo bem.

Tudo bem? Nenhuma briga, nenhuma reação. Ele não esperava por aquilo.

— Na verdade, estou morrendo de saudade do Ricardo. Eu já estava imaginando como aguentaria ficar mais uma semana longe dele e da mamãe. Você apenas facilitou a minha vida. Viu? Os dois estão felizes: bom para você e bom para mim.

Bom para você e bom para mim.

Então, por que essa sensação ruim? Era melhor para todo mundo que ela voltasse para o Brasil numa atmosfera de paz. Afinal, se dependesse dela, nem teria viajado. Esse era mais um indício de que seu casamento não andava muito bem. Carla não estava gostando da viagem, e ele não poderia culpá-la. Mas o principal era: ela não queria estar com ele.

Carla mudara muito nos últimos anos. Não gostava mais de sair, a menos que fosse com o filho. Ruppel podia contar nos dedos quantas vezes haviam ido a um restaurante ou a um cinema sozinhos depois do nascimento de Ricardo. A única viagem que ela gostava de fazer era para a casa dos pais, quando reunia toda a família. Ruppel sempre tinha uma desculpa e não viajava, sentia-se cada vez mais um intruso na própria casa.

Passou a ficar até mais tarde no trabalho, e isso fez Carla sentir ciúme, imaginando que ele tinha casos e encontros amorosos.

Ele poderia ter tentado algo para salvar o casamento? Parecia que o amor deles não tinha mais esse poder. Ele a amava, ela era sua esposa. *Sua esposa.*

Naquela noite, seu último pensamento antes de dormir foi em Victoria.

Acordou cedo, como de costume, arrumou-se e desceu, esperando mais informações. Preciso resolver algumas coisas antes de sairmos, pensou. Primeiro, conseguir detalhes da viagem que Carla nem desconfiava que estava por vir. Segundo, a troca da passagem.

Estava na Upper Richmond Road quando o telefone tocou uma vez. Nove horas. Ruppel ligou de volta.

— Tudo bem com você?
— Um pouco cansada.

Ela suspirou e continuou com voz fraca.

— Acabei de receber as passagens da viagem. Vamos de trem.
— Vamos?
— Não te falei? É um espetáculo de duas pessoas. — Ela riu quase histérica. — Também fui escalada para ficar de olho em você. Ainda bem que é no fim de semana, ou eu não saberia o que fazer com meu trabalho.

Ruppel percebeu um tom de irritação na voz dela.

— Você sabe o que faremos lá?
— Bom, pelo que entendi, você se encontrará com alguém no escritório da Marinha em Houilles, fora de Paris. Mas não sei exatamente com quem. Espero que ainda me liguem com instruções. Podemos nos encontrar na estação? O horário do trem é 20h02. Vou direto da SchmidtTech. Nos encontramos às sete e meia?

Se o comandante Alfaro fosse o traidor e Victoria soubesse de tudo, seria uma excelente atriz. Falava bem devagar, suspirando entre uma vírgula e outra. Parecia verdadeiramente chateada.

— Combinado, estarei lá.

* * *

— Viajarei para Paris nesta sexta-feira.

O comandante Húngaro não se surpreendeu.

— Eu estava esperando por isso. Assim que você chegar lá, avise. Preciso de todos os detalhes. Agora tudo está se fechando.

— O senhor sabe o que farei lá?

— Tenho uma vaga noção. Você deve se encontrar com alguém no escritório da Marinha do Brasil em Houilles.

Então, as coisas estavam saindo como o esperado? Ruppel ficou aliviado.

O voo de Carla era de manhã cedo, por isso eles teriam que estar com tudo preparado na noite anterior. Sua mala já estava quase pronta; ela só queria passear por Putney uma última vez, talvez arrumar um lugar para almoçar. Como Ruppel não fecharia a conta do hotel, não havia muita coisa para levar para Paris. Seriam somente dois dias. Com Victoria.

A promessa era de um prazeroso almoço. O dia estava claro e incrivelmente ensolarado. Carla tinha um meio-sorriso nos lábios. Estava mais feliz agora, que voltaria para o Brasil, do que no início da viagem.

Entraram no Strada para almoçar. Carla parou para respirar, e Ruppel a interrompeu.

— Você está bem animada, não é, Carla?

Não conseguiu esconder o ressentimento em sua voz.

— Não vejo a hora de ver meu filho e minha família de novo.

As palavras *minha família* ditas por ela sempre lhe cortavam a pele.

— Você não estava feliz em estar comigo?

De onde vinha esse sentimento ruim?

Ela franziu a testa e inclinou um pouco a cabeça.

— Quase não o tenho visto aqui. Você me disse que queria estar livre.

— Não, eu disse que eu teria muito trabalho.

— Certo. Você tem feito suas coisas, e eu, as minhas. Dessa forma, podemos nos encontrar depois, quando os dois estiverem mais desocupados.

Carla tocou-lhe a mão.

— Às vezes, parece que você só fica feliz quando está com nosso filho ou com a sua família. — Ele forçou um sorriso.

— Rodolfo, não há pessoa no mundo que uma mãe ame mais do que seu filho. Mais que ela própria. Eu seria capaz de qualquer coisa por ele. Morreria, mataria, qualquer coisa para proteger nossa família.

— A sua família.

— Rodolfo, não me venha com esse ciúme doentio novamente. Minha família sempre será minha família. Não sei por que você sempre começa com isso.

— Não estou pedindo para eles deixarem de ser sua família. Sua mãe, seu pai e seus irmãos serão sempre seus familiares. O que estou pedindo é que vivamos nossa vida, que a gente construa *nossa* família. Não conseguimos dar um passo sem antes termos que consultar sua mãe ou seu pai. Até sobre o nascimento de nosso filho tivemos que dar explicações a eles, como se tivéssemos feito algo de errado ao ter um filho.

— Não foi nada disso. Mamãe apenas não acreditou que eu tivesse engravidado tão rápido. Não tivemos que dar explicações, só conversei um pouco com ela.

— Vamos ser sinceros, teremos que definir algumas coisas quando eu voltar para o Brasil. Se quisermos que nosso casamento sobreviva.

— Você está me ameaçando, Rodolfo? Isso é quase um ultimato! Você ou minha família?

O tom da voz aumentou. Algumas pessoas no restaurante viraram-se para olhá-los. As mãos de Carla tremiam.

Foi a vez de Ruppel colocar a mão sobre a dela.

— Não é nada disso, Carla. Vamos apenas almoçar, por favor. É nosso último dia juntos aqui.

Ele não estava mais sendo sincero.

O almoço terminara. Fora um erro ter entrado naquela seara. Ele deveria ter deixado essa conversa para quando estivesse no Brasil, mas a felicidade de Carla em ir embora sem ele o desconcertara. O que ele queria, afinal?

Saíram do restaurante em silêncio. O dia estava perdido. Ruppel não estava com a menor vontade de conversar agora.

Trabalho. Ele pensou na viagem e em Madison. Teria que entrar em contato com Madison para falar da proposta, talvez logo após a viagem da França. Se demorasse muito, ele ficaria desconfiado. Se o que o comandante Húngaro disse era verdade, teria que bancar o homem sem escrúpulo que venderia a própria mãe para conseguir dinheiro. Mas e se não fosse verdade?

No hotel, Carla terminou de arrumar as coisas. Ainda estava chateada, resmungando, e tentava fechar a mala, sem sucesso.

— Carla, você quer deixar alguma coisa para eu levar, caso sua mala esteja muito cheia?

Ele tentou ser agradável, e a mulher sorriu.

— Pensei que você nunca fosse me perguntar. Minha mala está lotada e não consigo fechá-la.

Ruppel conseguira quebrar o clima ruim. Fora sempre assim: ele oferecia algo e ela voltava ao normal. Estava um pouco cansado disso, percebeu com amargura. Não podia deixar sua vida continuar assim.

A mala de Carla estava uma bagunça. Ruppel era bom em fazer malas. Seu trabalho sempre exigira muitas viagens. A prática o levou à perfeição. Começou a tirar as coisas de Carla de dentro da mala.

— O que você está fazendo?! — gritou ela.

Ele olhou para cima.

— Não mexa nas minhas coisas. Se você não pode levar umas simples coisas para mim, não preciso de mais nada!

Ruppel se assustou com seu tom de voz. Ela estava nervosa e irritada, como se ele tivesse feito algo muito errado. Ele fitou Carla. Por um momento, pareciam não se conhecer.

— Eu só queria ajudar — começou. — Se você não quer que eu mexa nas suas coisas, não mexerei. Pode me dar o que você quer que eu leve.

— Desculpa — disse ela, agora mais calma. — Não quero que você mexa na minha mala porque comprei algo para você e não quero que veja — disse, com a voz fina, sem olhar para o marido.

— Tudo bem.

Ruppel a abraçou.

A vibração do telefone em seu bolso interrompeu aquele momento amoroso. Um toque, ele gelou. Sem qualquer lugar para ter um pouco de privacidade, sentou-se na cadeira e ligou de volta para Victoria.

— Vou me atrasar um pouco. Faça o check-in assim que você chegar. Pedirei a alguém que deixe seu tíquete no hotel, tudo bem? — perguntou ela.

— Sim.

— Até amanhã e boa noite.

Ruppel desligou o telefone. Carla o olhava.

— Quem era? — quis saber.

— Alguém do trabalho.

— Uma mulher? Ouvi uma voz feminina.

— Uma mulher do trabalho, algum problema?

O terreno era perigoso.

— Você vai viajar com ela?

— Não.

Ele pisava em ovos.

Levantou-se e entrou no banheiro.

Carla cedeu, pois Ruppel nada deixava transparecer. Ela abriu a mala e começou a tirar algumas coisas.

— Você pode levar essas coisas para mim? — perguntou.

— Claro, o que você quiser.

CAPÍTULO OITO

— Ruppel ainda não me ligou — disse Madison.
— Ainda não? Estranho, falei com ele ontem.

Húngaro passou as mãos nervosamente nos cabelos cada vez mais grisalhos e olhou seu copo quase vazio. O gelo já derretera fazia tempo, e o líquido caramelo começava a descer aguado pela garganta. Já bebera mais da metade da garrafa de Grant's em cima da mesa.

— Ele é confiável, Húngaro?

— Claro, trabalhei com ele quase um ano no CIM, mais esse tempo agora na Diretoria de Sistemas de Armas. Não se preocupe.

O telefone de Madison tocou e ele ensaiou um pedido de desculpas com as mãos. Húngaro ajeitou-se desconfortavelmente na cadeira. O escritório de Madison era enorme e tinha uma visão esplêndida. Toda a parede era tomada por janelas voltadas para o rio Tâmisa. A ponte da Torre iluminada era magnífica e o fez viajar para um tempo distante. Lembrou-se imediatamente de quando ainda era um aspirante, a bordo do *Navio-Escola Brasil*, navegando sob a ponte da Torre que se abrira em boas-vindas aos jovens militares brasileiros. Algo inesquecível.

A mesa de Madison, inexplicavelmente de costas para aquele panorama espetacular, não ocupava nem um quarto do ambiente.

Na sala, ainda havia dois sofás de couro preto, além de uma estante repleta de livros. Uma mesa com várias garrafas de uísque e licor indicava que ali deviam ser fechados negócios importantes. Sem saber por que, sentiu-se como uma mosca pronta para ser esmagada.

A batida na porta o sobressaltou. A assistente de Madison entrou com uma bandeja de café. Já era hora. Poderia, enfim, abandonar o famigerado uísque. Desde quando ele recusava uma boa dose de malte escocês? Talvez estivesse cansado de todos os coquetéis e eventos que era obrigado a frequentar continuamente. Será que estava ficando velho? Seletivo?

Bárbara — ou seria Beatrice? — olhou para ele com um sorriso nos lábios.

— O senhor prefere café ou chá? — sussurrou.

Parecia bem nova, magra como uma flauta e loira como uma espiga de milho. Seu inglês tinha um forte sotaque britânico, e ele se esmerou para responder.

Um bom café cortaria o efeito de tanto álcool.

Ela serviu-lhe uma xícara, colocou outra com chá para Madison e deixou a bandeja com os bules sobre a imensa mesa. Ainda deu mais um sorriso a Húngaro antes de sair deslizando pelo carpete.

Húngaro tomou um gole do café e arrependeu-se da sua escolha. Estava fraco e frio, bem diferente do bom e velho café brasileiro.

Madison desligou o telefone com uma ruga na testa.

— Algo errado?

— Não... Negócios, como sempre. Falando nisso, ainda estou preocupado com essa situação. Se o Ruppel...

— Madison, tenho tudo sob controle. Preocupe-se com suas coisas.

O tom de Húngaro fez Madison esfregar o bigode.

— Precisarei tomar alguma providência, Húngaro?

— Pode confiar em mim.
— Você tem dois dias, então.

Tão logo Húngaro saiu da sala, Madison pegou o telefone novamente.
— Acho que temos um problema.
— Húngaro? Já desconfiava. Eu mesmo vou resolver isso.
— Ele é problema seu, tenho outras coisas com que me preocupar. E ainda tem Ruppel.
— Ruppel está sob controle.

Húngaro fechou a porta e respirou fundo, sem se dar conta de que não estava sozinho na antessala.
— Algum problema, comandante?
Era a assistente novamente. Por que ela tinha que sorrir daquele jeito? A cabeça inclinada para o lado e os olhos ligeiramente fechados. Uma cobra pareceria mais confiável.
— Acho que ainda não me acostumei com o fuso horário.
Ele endireitou as costas e abotoou o terno com dificuldade. Sentiu-se mal quando percebeu que a roupa estava mais apertada. O tamanho de suas calças vinha aumentado a cada ano. Se não começasse a ter uma vida mais saudável, não saberia aonde iria parar.
— Preciso comprar uns ternos novos. Você teria algum lugar para me indicar? Perto do meu hotel seria ótimo.
— Vou verificar, comandante. Peço que alguém entregue o endereço e as coordenadas na sua sala.
E mais um sorriso.
A sala de Húngaro não era tão grandiosa quanto a de Madison, afinal ele não era o vice-diretor da Shelter em Londres. Sem qualquer objeto pessoal, tudo parecia frio e gelado. Móveis de madei-

ra, uma estante com dois livros que não lhe pertenciam e uma cadeira de couro preta. Apesar da falta de glamour, ali ele tinha tranquilidade e privacidade.

Ligaria para sua esposa, que deveria estar preocupada. Tudo acontecera muito rápido. A saída da Marinha, o emprego na Shelter e a ida para Londres. Não tivera muito tempo de explicar nada. Só pequenas instruções. Quanto menos pessoas soubessem que ele fora para Londres, melhor.

Húngaro trancou a porta. Com a pasta sobre a mesa, digitou a senha. Atrás do fundo falso, pegou um pequeno aparelho prateado, mais parecido com um relógio, e colocou-o no pulso. Se houvesse qualquer escuta na sala, descobriria agora. Com o pouco tempo que passara na Shelter, não pudera fazer uma boa varredura. Mesmo o mais inocente dos telefonemas poderia ser comprometedor.

Deslizou o pequeno aparelho pelo telefone, em toda a superfície da mesa e embaixo dela, sem esquecer a estante e a cadeira. Não havia quadros na parede, o que facilitava sobremaneira o trabalho. Com cuidado, subiu na cadeira e esticou-se para rastrear a luminária. Era o lugar perfeito para uma câmera.

Húngaro guardou o aparelho na pasta novamente e tirou um lenço do bolso. Sua testa estava molhada. Apesar da temperatura amena, suava ao menor esforço. Definitivamente, precisava dar um jeito na condição física.

Antes de fechar a mala, pegou o porta-retratos que trouxera. Ele e Joana. Ela vestia um agasalho de esqui vermelho, e ele, um azul, dois pontos que contrastavam na imensidão branca. Ainda lembrava o dia em que sua filha tirara a foto, na última viagem que a família fizera junta, para a Argentina. Depois disso, a filha entrou para a faculdade, surgiram novos projetos, namorado, novos amigos.

Para um leigo, aquilo nada mais era que uma bonita foto de um casal em férias. Para Húngaro, era uma microcâmera que gravaria qualquer movimento na sala. Ele colocou o porta-retratos estrategicamente na estante.

Húngaro destrancou a porta devagar e voltou para a mesa, que, assim como a de Madison, também ficava de costas para a janela. Seu escritório tinha uma boa vista, apesar das janelas menores. Virou a cadeira e apreciou a noite de Londres. Dali via o Tâmisa, embora não mais a ponte da Torre. Queria estar na cidade em condições diferentes, aproveitar o frio com uma boa garrafa de vinho, ver alguns musicais ou simplesmente passear. Joana adoraria a viagem.

Estava cansado de todas as cobranças da vida. Desde jovem, seus pais sempre exigiram muito dele. Seu pai, um pobre operário, gastou o que tinha e o que não tinha para lhe dar uma boa educação. Húngaro nunca quisera seguir a carreira militar, mas não podia desapontar o pai. Já seu irmão mais novo teve mais sorte, ou não. A ele foi permitido estudar o que quisesse. Música. Hoje era professor de piano, mas estava sempre pedindo dinheiro emprestado.

Um súbito formigamento no pescoço tirou-o daquele instante de relaxamento. Um pressentimento ruim, como se uma nuvem negra cobrisse a paisagem.

— Atrapalho?

Húngaro não ouvira a batida na porta. Virou a cadeira lentamente. A primeira coisa que lhe chamou a atenção foi o fato de alguém ali falar português. Depois, as roupas amassadas e a barba por fazer. Numa empresa em que todos os homens andavam de terno, era estranho ver alguém com aquela aparência.

— Pois não?

— Beatrice pediu que eu lhe entregasse isto.

Beatrice? O sorriso falso no rosto pálido formou-se na sua mente.

O homem abriu mais a porta, andou em direção à mesa e entregou-lhe um papel. Húngaro olhou rapidamente a folha branca com o desenho extraído do Google Maps, algumas instruções à caneta e a assinatura dela.

— Ah, claro. Os ternos...

Ele já se esquecera. Húngaro dissera aquilo apenas para disfarçar seu descontrole na antessala de Madison. Não compraria terno algum. Não ficaria tanto tempo assim na Shelter, muito menos em Londres.

O homem o encarava, parecia querer ler seu pensamento.

— O senhor precisa de mais alguma coisa, comandante?

— Não, obrigado. Você é de Portugal?

— Sou.

O homem ficou parado no meio da sala, olhando-o.

— Agradeça a... Beatrice.

Ele o cumprimentou com a cabeça e saiu fechando a porta.

Húngaro abriu uma das gavetas e jogou o papel dentro. Ele tinha que ser mais cuidadoso.

O quarto de Arthur estava uma bagunça. A mala aberta sobre a cama, suvenires de Londres por todo lado e um pacote de biscoito de chocolate aberto sobre a poltrona. Ele mastigou apressadamente para atender ao celular, que tocava sem parar.

— Terminou o serviço, Arthur?

— Tudo exatamente como o senhor mandou, chefe.

— Você precisará ficar mais um ou dois dias, ainda não terminamos. Mude sua passagem para domingo. Vou mandar todas as instruções à CNBE, para o comandante Thomas. Ele sabe exatamente como proceder.

Débora não gostaria nem um pouco dessa notícia. Tinham até pensado em viajar juntos para Londres, mas ela não conseguira tirar férias no trabalho. Advogada da Petrobras, às vezes virava a noite redigindo petições, e naquele momento as coisas estavam quentes, segundo ela. Namoravam havia menos de um ano, e ele torcia para que o relacionamento desse certo. Com três divórcios e sem filhos, Arthur pensou várias vezes em virar ermitão. Lógico que a culpa era essencialmente dele. Seu único interesse era o trabalho; deixava tudo e todos de lado por uma boa pesquisa.

Estava sempre cansado. Dormia pouco, o que era notório pelas suas olheiras, e sexo não era uma prioridade. Suas duas primeiras esposas o tinham traído com outros homens, e ele não as culpava. A terceira, mais compreensiva com sua falta de vigor, deixou-o sem um tostão.

Débora era diferente. Rechonchuda, dividia com ele o amor pelo trabalho e pela comida. Seus programas resumiam-se a restaurantes ou experimentos de novas receitas na casa dela, na cozinha especialmente planejada para isso. Depois da entrada, do prato principal, da sobremesa e do chá digestivo, ambos só dormiam. Era o relacionamento perfeito.

Arthur suspirou e pegou mais um biscoito.

O apartamento era situado em Croydon, ao sul da Grande Londres. Tinha um quarto e uma pequena sala. Precisava de uma reforma urgente, mas o aluguel barato o impedia de fazer exigências ao proprietário. A vizinhança também não era das melhores, era tudo o que ele podia pagar.

Ainda se lembrava dos últimos conflitos que ocorreram por lá. Prédios em chamas, adolescentes nas ruas e lojas depredadas. Tudo se iniciara em Tottenham, com uma passeata pela morte de um homem local que tomara um tiro da polícia. As pessoas foram às ruas reclamando que a polícia não informara à família sobre a morte do homem.

Nenhum oficial de polícia apareceu para esclarecer os fatos aos manifestantes, e o evento pacífico inflamou-se com raiva, violência e desrespeito. Destruição de ônibus, de carros de polícia e vários saques a lojas.

Cenas similares tomaram conta de Londres. Hackney, Brixton, Chingford, Peckham, Enfield, Ealing, East Ham e, claro, Croydon. Até o centro da cidade, em Oxford Circus, fora atacado. Outras cidades da Inglaterra também aderiram aos protestos.

Durante três dias, Londres ficou alerta. O primeiro-ministro e vários parlamentares encerraram as férias para uma sessão extra no Parlamento, que se encontrava em recesso. As férias dos policiais também foram suspensas.

O resultado? Mais de três mil pessoas presas, incluindo menores de idade, além de cinco mortos, alguns feridos e duzentos milhões de libras em prejuízos.

Ele não sabia quando, mas se mudaria de Croydon. Queria estar mais perto do centro. Talvez um apartamento de dois quartos com varanda. Uma boa vista e ele ficaria satisfeito.

Colocou a bolsa de compras em cima da mesa da cozinha e guardou os ovos na pequena geladeira. Foi até o quarto, tirou o cachecol xadrez escocês, o casaco preto e os jogou na cama. Um arrepio correu pela espinha. Estava frio, mas esperaria um pouco mais para ligar o aquecedor. Não estava em condições de bancar uma conta de gás alta.

Fez ovos mexidos com salsichas e comeu com pão de forma, sentado no sofá, enquanto assistia à TV. Os sapatos sujos estavam apoiados na mesa de centro de madeira. Ele limpou os farelos da camisa amassada, que caíram sobre o tapete desbotado. Aqueles dias mudariam, tinha certeza. Depois que fizesse o serviço, ganharia um bom dinheiro.

O celular vibrou no bolso da calça surrada. Uma e meia da manhã. Há quanto tempo estava cochilando? Seu corpo estalou quando se endireitou no sofá.

— Está tudo preparado em Paris?

— Já fiz meus contatos. Não se preocupe, chefe.

— Qualquer problema, quero ser avisado imediatamente. Isso não pode sair do controle. Vou para Londres e quero tudo na minha mão o mais cedo possível.

— E o comandante Húngaro?
— Fique de olho nele.
— Precisarei de mais gente aqui em Londres.
— Faça o que for preciso.

CAPÍTULO NOVE

Ruppel e Carla acordaram cedo, tomaram um rápido café e acabaram de fechar as malas para a viagem.
— Assim que você chegar, ligue para dizer que está tudo bem. Dê um beijo no Ricardo por mim e diga que o amo muito.
— Não se preocupe.
Carla se despediu de Ruppel com um beijo no rosto e entrou na sala de embarque sem olhar para trás. Ruppel esperou alguns instantes antes de voltar para o hotel.
Agora o quarto estava um pouco vazio sem as coisas de Carla, e ele sentiu um misto de solidão e decepção.

Com as roupas e o notebook arrumados na pequena mala, saiu do hotel em direção ao metrô. Chegando lá, começou a observar as pessoas, não queria ter o desprazer de ser seguido novamente. O vagão estava cheio. Mais próximo de si, uma moça morena lia um jornal cuja manchete era uma fofoca sobre um jogador de futebol inglês. Duas senhoras conversavam animadamente num idioma desconhecido; um rapaz com fones no ouvido jogava, vidrado, em seu celular; um idoso, com a pasta marrom surrada no colo, dormia; uma família de quatro pessoas estava em pé conversando em inglês e brincando com um bebê no carrinho. Respirou fundo enquanto o trem se afastava.

No terminal internacional de King's Cross, o Eurotúnel estava agitado, sabia que estaria. Dias antes, o terminal esteve fechado por causa da neve. Um casaco de bebê e um par de luvas rosa estavam esquecidos no banco. Ficou satisfeito em ter chegado cedo. A passagem de trem do Euro Star fora deixada na recepção do hotel, conforme o combinado. Agora só restava esperar por Victoria.

Ruppel precisava comer alguma coisa, não sabia mais há quanto tempo não se alimentava. Procurou uma cafeteria no terminal e tentou relaxar um pouco. A viagem até Paris levaria duas horas, tempo suficiente para conversar com Victoria. Lembrou-se da primeira vez que conversaram no lobby do hotel e um leve sorriso formou-se em seu rosto.

Sete e vinte. Nem sinal dela. Não havia mais por que esperar. Fez o check-in, passou pela verificação de passaporte, sua mala passou pelo raio X e logo ele estava no trem. Com a mala no bagageiro acima de sua poltrona, sentou-se em seu lugar. Fez imediatamente um reconhecimento do vagão, e apenas um homem chamou-lhe a atenção. De terno azul e cabelo cheio escovado para trás, tinha uma maleta preta entre as pernas. Ruppel não tirou os olhos dele até o momento em que uma jovem chegou e, com um beijo na boca, sentou-se ao lado do homem.

Ruppel olhou o relógio. Ler um jornal era tudo o que podia fazer agora. Victoria estava atrasada.

O trem começou a se mover, e Ruppel pegou o telefone no bolso da camisa antes que perdesse o sinal.

— Espero que não tenha ficado muito preocupado com meu atraso — disse Victoria a seu lado. — Foi quase uma aventura chegar aqui.

Ela estava ofegante e, apesar do sorriso, parecia preocupada.

— Realmente achei que você não viesse mais — disse Ruppel, guardando o telefone.

— As coisas complicaram um pouco no meu trabalho. Achei que sairia mais cedo, mas...

— Bom, você está aqui. Janela ou corredor?

Ruppel dobrou o jornal e se levantou. Eles estavam mais perto agora. O cheiro de jasmim do perfume dela misturou-se com o de café do passageiro ao lado. Ruppel pegou a mala de Victoria e colocou-a ao seu lado. Victoria se sentou no corredor.

— Já fez essa viagem? — perguntou ele, tentando quebrar o gelo.

— Algumas vezes.

A voz dela estava um pouco distante.

Ele a fitou. Victoria mexia na bolsa freneticamente à procura de algo que parecia não existir.

— Acho que tem um vagão com um restaurante. Você quer beber alguma coisa? Parece um pouco agitada.

— Estou bem, não se preocupe. Acho que foi a correria de chegar aqui na hora. Logo me recupero.

Ficaram em silêncio por alguns instantes. Nenhum dos dois sabia o que falar. Ruppel queria fazer várias perguntas, mas precisava ser cauteloso ao abordá-las.

— Está tudo bem, Victoria?

— Mais ou menos. Não tenho gostado muito do que estou fazendo.

Ruppel a encarou.

— E o que você está fazendo?

— Não me leve a mal, mas eu não queria vir. Até agora não sei exatamente o que estou fazendo aqui. Quando aceitei o trabalho, não estava esperando que tudo isso acontecesse.

— Então você vai começar a me contar sua longa história? Como foi que você se envolveu nesse projeto?

— Não tenho muito o que dizer.

— Você pode começar me contando quem da Marinha a convocou para essa missão.

Ruppel se ajeitou na poltrona para vê-la melhor. Suas pernas tocavam ligeiramente as dela.

— Resumindo, antes mesmo de sair da Marinha, recebi uma proposta do comandante Alfaro, do CIM. A SchmidtTech me convidara para trabalhar com eles na Alemanha, e o comandante Alfaro, sabendo disso, me convidou para ser a pessoa de confiança que serviria de contato na Europa. Isso foi há dois anos.

Ruppel levantou as sobrancelhas. Se a versão do comandante Húngaro estivesse correta, o comandante Alfaro tramara a operação do Pré-Sal 2025 com bastante antecedência.

— E você o tem ajudado durante todo este tempo?

— Não. — Victoria franziu a testa. — Foi só há dois meses que ele entrou em contato comigo e disse que tinha um trabalho.

— E como você sabia tanto do projeto Pré-Sal 2025 no dia do almoço? Você não parecia um simples contato.

Victoria olhou para o lado.

— Porque fui mantida informada.

— Por quem?

— Não sei. Assim que recebi o telefone e as instruções, uma pessoa começou a me ligar.

— E ela também é da Marinha?

Ruppel inclinou-se na cadeira do trem.

— Não, do MI6.

— Do serviço secreto de inteligência britânico — disse ele, devagar. Havia um tom sarcástico em sua voz.

— Eu disse a você que o MI6 estava trabalhando conosco. O que você não entendeu?

Ele balançou a cabeça: aquela mulher na sua frente não podia ser tão ingênua.

Victoria limpou a garganta.

— Bom, Rodolfo, só sei o que essa voz me disse. E, assim que chegarmos a Paris, provavelmente receberei mais instruções.

— E por que essa voz não fala direto comigo? Por que precisa de você?

Ela não respondeu. Ruppel fechou os olhos e recostou-se na cadeira. A história de Victoria estava muito malcontada, assim como a do comandante Húngaro. Na reserva e trabalhando na Shelter, Ruppel ainda não sabia se podia confiar em seu antigo chefe.

Tinha, porém, um dado novo. Victoria fora recrutada havia dois anos, mas só começou a atuar efetivamente na missão havia dois meses, seguindo instruções de um suposto agente do MI6. Por quê? Ele estava num jogo de xadrez, e seu peão precisava chegar ao outro lado do tabuleiro para recuperar a rainha.

Aquela não era a ocasião de pressionar Victoria por mais informações. Teriam o fim de semana inteiro para conversar.

— Então, você já foi a Paris muitas vezes? — perguntou ele.

Victoria fitou-o, parecendo surpresa com a mudança brusca de assunto.

— Algumas vezes. Quando se mora na Europa, fica mais fácil viajar. Tudo é muito perto aqui.

— Você sabe em que hotel ficaremos?

— É perto da Champs-Élysées. Nunca me hospedei lá, mas sei onde fica. É bem central, perto de tudo. Paris é como Londres: com disposição, fazemos muita coisa a pé.

Ela suspirou mais uma vez, seu suspiro se transformou em bocejo.

— Você parece cansada. Não quer dormir um pouco?

— Bem que eu gostaria. Não tenho dormido muito bem esses dias. Toda essa agitação... — ela parou. — Não me sinto à vontade para dormir nessa posição. Sempre fico imaginando que posso incomodar a pessoa do lado, quando minha cabeça começar a cair.

Ela sorriu.

Ruppel também sorriu, imaginou Victoria deitada em seu ombro.

— Tentarei assim mesmo — falou ela.

Victoria fechou os olhos. Ruppel percebeu o instante em que ela adormeceu. Sua respiração tornou-se mais profunda, e quase se aninhou no ombro de Ruppel. Ele não se moveu, não queria acordá-la. Ela precisava de descanso. Cada vez tinha mais certeza de que Victoria estava sendo usada pelo comandante Alfaro. Estava muito frustrada e cansada para ter algum interesse escuso na missão.

Ali, deitada em seu ombro, parecia frágil. Havia muito tempo não sentia esse instinto protetor. Era uma pena que eles tivessem se encontrado em circunstâncias tão difíceis.

Ele contemplou a aliança de ouro na mão esquerda da mulher e fechou os olhos. Foi a última imagem que viu antes de adormecer.

Victoria acordou com uma movimentação no trem. Várias pessoas se levantaram e se dirigiram à saída. Ela adormecera tão profundamente que só naquele momento percebera que o trem parara. Já estavam em Paris.

Victoria se afastou do ombro de Ruppel cuidadosamente. Olhando-o adormecido, considerou se fora uma boa ideia abrir-se com ele. Fitou-o mais uma vez. Sentia que ele era uma boa pessoa, não costumava errar nesse tipo de coisa. Ela esfregou o próprio peito. Era quase uma dor física a angústia pela qual passava.

Antes de sair da SchmidtTech, ligara para avisar a Edgar sobre a viagem. Ele pediu que ligasse de todos os lugares em que parasse, o que a deixou encucada. Quando explicou-lhe que seria difícil, Edgar ficou nervoso e fez várias perguntas sem sentido. Victoria torcia para que ele não tivesse parado de tomar os remédios novamente, pois estava sozinho na Alemanha.

Já de pé, pousou a mão no ombro de Ruppel, que imediatamente abriu os olhos.

— Rodolfo, chegamos.

Ele se levantou sem falar nada e pegou as malas.

Victoria estava acostumada com o transporte de Paris. Comprou bilhetes de RER, e os dois foram para o hotel de trem.

A viagem transcorreu em silêncio quase absoluto, apenas interrompida por alguma explicação dela em relação à estação em que parariam. Paris estava mais fria que Londres, principalmente àquela hora da noite.

— *Bonsoir! Nous avons une réservation pour deux chambres. Monsieur Ruppel et Madame Borges, s'il vous plaît* — disse Victoria num francês perfeito.

O recepcionista entregou-lhes a chave. Os dois quartos ficavam um ao lado do outro.

— O restaurante do hotel ainda está aberto? — perguntou Ruppel, de repente, ao recepcionista.

— *Oui, monsier.* Até a meia-noite.

— Você está com fome? — perguntou Ruppel no elevador.

Ela demorou alguns segundos para responder.

— Sim. Me dê quinze minutos para tomar uma chuveirada.

— Perfeito, encontro você lá.

Ela sentiu um frio na barriga quando os dois andaram juntos no corredor. Abriu a porta do quarto com um meio-sorriso e correu para se arrumar.

Dez minutos para se refrescar um pouco e mudar de roupa. Pegou a primeira que viu na mala. Era um vestido cinza justo de mangas compridas. A roupa era sensual demais para o jantar, mas não tinha muito tempo. Nem sabia, na verdade, por que a trouxera na mala.

Em quinze minutos, chegou ao restaurante com o vestido, um cinto preto, meias e sapatos altos, também pretos. Ruppel já estava sentado.

Victoria acenou-lhe e sentiu o celular vibrar na pequena bolsa que carregava. Parou na entrada do restaurante. Ruppel também acenou, e ela rapidamente saiu de seu campo de visão para atender.

— Onde você está? Você disse... Você me ligaria assim que chegasse. — A voz de Edgar estava ofegante.
— Acabei de chegar, querido. Já ia ligar.
— Não, você não ia. Estou aqui doente de preocupação com sua segurança, e você não está nem ligando! — berrou Edgar.
— Preocupado?
— Você sabe que esses túneis franceses não são confiáveis. A que horas você chegou? Você está sozinha? Onde fica seu hotel?
— Você está bem, Edgar? Está tomando os remédios?
Havia algo diferente no comportamento dele.
— Claro que estou! Por que você sempre tem que pensar o pior de mim? Por que você sempre tem que tocar nesse assunto de remédio? Não posso me preocupar com você?
— Ligo quando estiver pronta para dormir.
— Você ainda me ama?
— Claro que amo.
Victoria guardou o celular e suspirou, tentando disfarçar a ruga que sabia ter se formado em sua testa. Entrou, enfim, no restaurante.
A sala estava em penumbra. Sobre cada mesa havia taças e arranjos de botões de rosas brancas, além de pequenas velas acesas em candelabros de prata. Quatro ou cinco casais jantavam, e dois deles se tocavam com as mãos sobre a mesa. Não sabia se eles ou se toda a ornamentação contribuíam para o romantismo do lugar.
— Espero não ter me atrasado — disse ela, passando as mãos nos cabelos lisos.
Victoria não conseguia encará-lo.

Mais instruções, provavelmente, Ruppel pensou ao vê-la guardando o celular na bolsa. Porém, aquele definitivamente não era um local para tratar de negócios. Levantou-se e puxou uma cadeira. Ela, de cabeça baixa, parecia constrangida.

— Acabei de chegar. Você gostaria de tomar um vinho?

Victoria estava fantástica.

— É uma boa ideia — murmurou.

O jantar transcorreu melhor do que ele esperava. Por culpa do vinho ou não, a conversa foi animada, e por alguns instantes ele até esqueceu a situação que os levara ali. Algumas vezes, Victoria parecia se conter para não gargalhar. Ruppel estava se divertindo.

Quando o assunto foi família, ela pareceu à vontade ao falar sobre Edgar. Deu um sorriso nervoso ao contar que não estava acostumada a desabafar com alguém, ainda mais agora com a vida que levava. Sua própria família não sabia da gravidade da doença de Edgar, comentou.

A vontade de pegar em sua mão foi quase irresistível, mas Ruppel se controlou.

Ali, com Ruppel, não havia submarinos, MI6, Marinha, nem problemas conjugais. Foi a vibração do telefone que a chamou de volta à realidade.

— Você não vai atender?

O sorriso dele se evaporara.

Victoria pegou a bolsa. Não se lembrara da voz a noite toda.

Olhou para o relógio: não notou quão tarde era, principalmente com a diferença de uma hora a mais em Paris em relação a Londres.

Ruppel não tirava os olhos dela.

— Interrompendo seu jantar? — A voz tinha um tom irônico.

— Avise ao Ruppel que esteja no escritório da Marinha às dez horas amanhã, sozinho.

Pausa, como se quisesse prolongar o suspense.

— Ele já deve saber o endereço. Haverá um oficial à sua espera, basta se identificar. O oficial lhe entregará uma encomenda, e ele deve voltar direto para o hotel depois disso. Ligarei novamente. Você entendeu tudo, Victoria?

— Entendi.

Assim que desligou, Victoria passou a Ruppel a mensagem.

— Sabe o nome do oficial?

Ela dobrou o guardanapo e o pôs sobre a mesa, enquanto balançava a cabeça negativamente.

— Acho melhor eu subir, estou um pouco cansada.

O restaurante estava vazio.

— Foi uma noite muito agradável, Victoria.

Victoria sentia a mesma coisa. Não sabia se fora bom ou ruim a voz ter ligado. Entraram no elevador, e um silêncio constrangedor instalou-se entre os dois.

Ruppel virou-se para ela e seu rosto ficou vermelho. Talvez estivesse sob o efeito do vinho. Victoria saiu do elevador e andou apressadamente em direção ao quarto. Sua nuca formigava, podia sentir o olhar de Ruppel.

— Boa noite, Rodolfo. Boa sorte amanhã — disse ela enquanto tentava, sem sucesso, fazer com que seu cartão abrisse a porta do quarto.

— Você estará aqui quando eu voltar? — Ruppel aproximou-se dela.

— Claro. Provavelmente mais instruções. Vim a trabalho, não é?

Victoria passava o cartão insistentemente na maçaneta.

— Tente devagar — murmurou Ruppel em seu ouvido.

A luz verde apareceu, e a porta do quarto finalmente se abriu. Victoria entrou rapidamente no quarto e viu Ruppel se afastar.

— Rodolfo — chamou ela. Ele se virou devagar. — Gostei muito da noite de hoje.

CAPÍTULO DEZ

Emma pegou um band-aid no banheiro e colocou sobre o machucado. Tinha sido uma estupidez beijá-lo. Não esperava que sua encenação fosse tão longe.

O telefone tocou na sala e ela correu para atender.

— Ele já foi?

— Já.

— O que houve? Você está estranha.

— Não estou, não.

— Vamos, Emma. Sou seu irmão, sei quando há algo errado. Ele fez alguma coisa com você? — perguntou Hans em voz baixa.

— Quebrei um prato.

Aquela frase soou ridícula até para ela.

— Tudo bem. Você não quer me dizer, não diga. Vou para casa agora.

Emma acabou de arrumar a cozinha e foi para o quarto. A cama ainda estava desarrumada. Ela parou sem conseguir entrar. O lençol no pé da cama e o travesseiro amassado fizeram a cena voltar à sua mente. Por que deixara aquilo acontecer? Era ele quem deveria se apaixonar por ela. Quanto mais ele estivesse envolvido, mais rápido faria o serviço.

Ela fechou os olhos e suspirou alto. Ainda podia sentir a rudeza das mãos sobre seu corpo magro e o gosto dele nos lábios. A voz rouca continuava a soar em seu ouvido.

Hans não gostaria nada disso e ela não poderia culpá-lo. Estavam perto demais para ela cometer qualquer erro.

Emma tirou a fronha do travesseiro e os lençóis da cama, enrolou-os como uma trouxa e os jogou no canto do quarto. Nada a tiraria do foco.

— Desculpe ligar a essa hora — murmurou, como se estivesse ao lado da amiga.

— Não faz mal, não consigo dormir.

— O bebê tem mexido muito?

A risada feliz do outro lado mostrou-lhe que ela estava bem. Emma suspirou aliviada.

— O de sempre. O segundo é sempre mais agitado. E você? Parece cansada.

— Dei seu telefone para ele.

— Meu telefone? Por que fez isso?

Emma respirou fundo.

— Não sei, desculpe. Tenho medo de que Peter faça alguma bobagem. Você sabe como ele é impulsivo.

— E o que poderei fazer se Peter tentar alguma coisa? Estou grávida, esqueceu?

Emma fechou os olhos. Nicole fora uma péssima ideia.

— Ele não ficará muito tempo em Londres. Talvez uma noite ou duas.

Nicole suspirou.

— Tudo bem, já entendi. Vejo um lugar para ele ficar. Longe de Peter ou de Paul.

— Obrigada.

— Não me agradeça, Emma.

* * *

Beatrice odiava trabalhar àquela hora. Quando o chefe telefonou tarde da noite pedindo que fosse à empresa, ela mal acreditou.

Passar pelos seguranças fora fácil. Todos a conheciam. Precisou apenas dar um sorriso e as portas se abriram.

Quando o elevador chegou, viu uma Shelter bem diferente daquela com que estava acostumada. Não havia pessoas andando pelos corredores, telefones tocando, impressoras trabalhando. A empresa estava às escuras.

O único barulho que ouvia era o do próprio salto na fria cerâmica. Sentiu um arrepio percorrer sua espinha e andou mais rápido, tateando a parede para não cair. Finalmente, o interruptor central.

Seguindo as instruções do chefe, pegou a própria chave e abriu a sala principal. A vista da ponte da Torre, em Londres, era impressionante, e as luzes pareciam dançar dentro do escritório.

Beatrice abriu a gaveta do lado direito da mesa e, embaixo da pasta preta, achou o que procurava: as duas chaves presas com uma fita adesiva num objeto minúsculo. Tentou desgrudar uma chave da outra e quebrou a unha pintada de laranja. Seu grito ecoou na sala vazia.

O chefe pagaria a manicure, pensou. Esquecendo o que fora fazer ali, dirigiu-se ao banheiro privativo de Madison e procurou, em vão, uma lixa de unha. Como um banheiro masculino não tinha um cortador de unha? No fundo da segunda gaveta, achou um estilete, que serviria ao menos para desgrudar as chaves.

Com o objeto, cortou com cautela a fita adesiva. Se danificasse o pequeno cartão junto dela, seu chefe não a perdoaria.

O outro escritório ficava ao final do corredor. Abriu cuidadosamente a porta com uma das chaves e deparou com uma sala bem menor. Poucos móveis e poucos objetos pessoais. A mesa quase vazia, como se ninguém trabalhasse ali. Alguns lápis e canetas esferográficas, o telefone, e nada mais.

Com a outra chave, abriu a gaveta da mesa. Só havia uma folha de papel. Reconheceu o mapa e a própria assinatura. Tanto trabalho para nada! O comandante Húngaro nem ao menos levara o papel para o hotel.

Olhou em volta, e o porta-retratos chamou-lhe a atenção naquela sala fria. Na estante, a foto de um casal na neve. O comandante Húngaro parecia bem mais novo e feliz. Se fosse mais magro, até poderia considerá-lo um homem bonito.

Beatrice riu dos próprios pensamentos. Passou as mãos nos cabelos ralos e loiros. Sozinha na empresa àquela hora, devia estar maluca.

Tirou rapidamente a bateria do telefone e grudou o pequeno cartão. Ligou-o novamente e suspirou quando ouviu o sinal. Estava feito o serviço.

Antes de sair, mandou um beijo para a foto na estante. Realmente, se ele fosse um pouco mais magro, seria um ótimo partido. Trancou a porta.

Ruppel deitou-se na cama do quarto de hotel francês e contemplou o teto. Ainda estava sob o efeito do jantar com Victoria. Ela era uma ótima companhia, e estavam cada vez mais próximos. Literalmente. Fechou os olhos e tentou imaginar o que ela fazia naquele momento no quarto ao lado. Talvez já estivesse dormindo, o dia fora bem cansativo e ela merecia descansar. Devia estar sob forte pressão. O marido, a Marinha, a voz, ele próprio.

Ruppel abriu os olhos. Quanto mais a pessoa aparentava inocência, mais perigosa poderia ser. A versão de Victoria era tão inconsistente quanto a do comandante Húngaro, principalmente na parte em que a voz seria do MI6. Contudo, uma coisa o intrigava ainda mais. Se, de acordo com Victoria, o comandante Alfaro estava trabalhando com a voz, a par de toda a missão, por que não se comunicara com ele até o momento? Afinal, era seu chefe agora.

Carla já deveria ter chegado ao Brasil. Já passava da meia-noite, mais de dez horas no Rio de Janeiro. Não havia recebido ligações dela. Quando tentou ligar para casa, a voz metálica indicou que não havia ninguém. Não estava disposto a ligar para a casa da sogra, não hoje.

Às nove horas da manhã, Ruppel pegou um táxi para a base naval francesa em Houilles.

A cidade estava tranquila e o táxi não demorou a chegar. Faltavam quinze minutos para as dez. Tinha previsto menos de meia hora para esse encontro, então pediu que o taxista o esperasse.

Ruppel se identificou na entrada da base militar e comunicou ao sentinela que era aguardado por um militar no escritório da Marinha do Brasil.

A chuva fina e a temperatura baixíssima tornavam a caminhada difícil. De longe, avistou o prédio onde se situava o escritório técnico brasileiro. As janelas amarelas e o vermelho do corrimão da escada destoavam do cenário cinza. À frente do prédio, viu um militar da Marinha brasileira, um tenente, que lançava olhares furtivos de um lado para o outro.

Ruppel olhou o relógio. Ainda tinha tempo. O militar passava insistentemente a mão nos cabelos castanhos, quase como um cacoete. Era alto e magro, e sua aparência era bem jovem.

— Comandante Ruppel?

— Sim.

— Bom dia, senhor. Sou o tenente Bernardo Oliveira. Tenho uma encomenda para o senhor. O comandante Nogara mandou que eu lhe entregasse este envelope.

O rapaz estendeu a mão e olhou para cima. Ruppel observou que no canto do prédio havia uma câmera de segurança que capturava toda a transação.

Ruppel já encontrara com o capitão de mar e guerra Octavio Nogara uma vez. Era alto e extremamente magro, com cabelos pretos e oleosos. Um tipo asqueroso que cheirava a cinzeiro. Reputação de um chefe normal, nada especial. Havia um boato sobre uma doença séria, mas Nogara ainda servia à Marinha no Corpo de Intendentes.

— O comandante Nogara está no escritório?

— Não há ninguém aqui hoje, somente eu.

— Você trabalha aqui, *boy*? — perguntou Ruppel.

— Não, senhor. Sou um dos engenheiros navais que vieram fazer o curso na Escola de Concepção de Submarinos, em Lorient. Recebi a ordem de vir aqui hoje. É só o que sei, senhor.

O rapaz parecia pouco à vontade e olhava para os lados o tempo todo.

Ele não conseguiria obter nada do mensageiro. Agradeceu ao rapaz, que foi para a outra direção com passos rápidos. Ruppel ainda ficou algum tempo parado, esperando um sinal de outra pessoa. Não havia ninguém. O tenente desapareceu na segunda esquina, de volta ao treinamento, provavelmente.

Novamente lhe sobreveio a impressão de estar sendo observado. Olhou em volta. A base naval estava quase deserta, com apenas dois marinheiros franceses ao longe, conversando. As cortinas do escritório brasileiro estavam todas fechadas e imóveis.

Ruppel guardou o pequeno envelope branco no bolso e caminhou em direção ao portão da base.

O caminho da volta ao hotel foi mais demorado. O trânsito estava pesado e confuso. Era manhã de sábado. Ruppel não conseguia encontrar uma posição confortável no banco de trás do carro. Dentro de seu casaco, o envelope fechado displicentemente parecia queimar seu corpo. Um cartão de memória? Um chip?

O táxi o deixou na frente do hotel sob uma chuva torrencial. Uma rajada de vento o seguiu pela aconchegante recepção. Estava molhado e com frio.

Um homem veio em sua direção, e Ruppel não parou de andar.
— Por favor, desculpe, *monsieur*. *Madame* pediu que lhe entregasse um envelope. — Ele esperou que Ruppel parasse, o que não aconteceu. — Num minuto, o senhor o receberá no quarto — falou diante do rosto fechado de Ruppel.

Como informado, num minuto bateram à sua porta. Com mais desculpas, um rapaz lhe entregou um envelope com o logotipo do próprio hotel. Dentro, um bilhete escrito à mão.

> *Voltei para Londres.*
> *Novas instruções serão dadas lá.*
> *O hotel está pago até amanhã.*
> *V.*

Ruppel olhou para a passagem de trem para o dia seguinte. A letra de Victoria estava tremida, como se tivesse escrito às pressas. Por mais que se esforçasse, Ruppel não conseguia entender aonde essa missão o levaria. Sua vinda para Paris resumira-se à função de um simples portador. Receber um envelope na base naval francesa. Isso parecia o modo como as coisas aconteciam em 1965. Nada real, muito amador.

Sem mais demora, abriu o envelope. Um pequeno *secure digital card* — um cartão de memória tipo SD — com o tamanho aproximado de uma unha, num microestojo hermeticamente fechado e transparente.

Estavam brincando? Quem usava um cartão de memória para guardar arquivos nos dias de hoje?

Após retirar o cartão da minúscula caixa com alguma dificuldade, inseriu-o no celular.

Ruppel usou a mesma frase-senha que descriptografava as cifras de *Os girassóis*. Senha incorreta. Redigitou, e a mensagem apareceu de novo. *Pré-Sal 2025*. Senha incorreta, claro. *Projeto do submarino brasileiro*. Senha incorreta. Sério? Maiúsculas, minúsculas. Senha incorreta. Senha incorreta. *Victoria Borges*. Senha incorreta. *Esse trabalho é uma merda.* Senha incorreta.

Ele poderia estar com a chave de todo o mistério nas mãos, mas não tinha acesso a ela.

O quarto ficou quente. Ruppel agora estava molhado de suor. Na pressa de resolver seus problemas, ainda estava vestido para enfrentar o Ártico. Tirou o casaco, o cachecol e a camisa, e foi como se voltasse a respirar. O celular tocou, e ele se apressou em retirar o cartão de dentro dele.

— O que aconteceu? Onde você está? — perguntou o comandante Húngaro.

— Paris. Chegamos ontem à noite.

— Chegamos?

— Ela veio comigo, seguindo instruções.

— Instruções de quem? Você pode falar. Minha linha é criptografada como a sua.

— Segundo ela, ele trabalha no MI6 e também atua na equipe com Alfaro.

Repetindo as palavras de Victoria, ficava mais difícil ainda acreditar que isso fosse verdade.

— O MI6? Por que diabo o serviço secreto de inteligência britânico estaria envolvido nisso?

— Eu me fiz a mesma pergunta.

— E quais foram as instruções que ela recebeu para Paris?

— Houilles.

— Então você já esteve lá?

— Estive.

— E?

— Um tenente me encontrou.

— Nome?

— Bernardo Oliveira. Era um mensageiro.

— Mensageiro de quem?

— Capitão de mar e guerra Octavio Nogara. Escritório de Houilles. O senhor o conhece, claro.

— Nogara? — Ele parou. — Conheço. E o que aconteceu?

O comandante Húngaro falava rápido.

— Recebi um microcartão de memória.

— Você está com ele?

— Estou.

Ruppel tentava falar o mínimo possível.

O comandante Húngaro respirou fundo, parecia tentar manter o controle.

— E quais foram as instruções seguintes que esse sujeito... — Deu uma pequena pausa — ... do MI6 passou para ela?

— Ela está em Londres agora. As próximas instruções serão dadas lá.

— Você está sozinho, então? — O comandante Húngaro não esperou a resposta. — Preciso encontrá-lo. Não é seguro você ficar com esse cartão. Precisamos tomar muito cuidado.

— Irei para Londres amanhã à tarde. Podemos nos encontrar no mesmo lugar.

Ruppel não sabia ao certo se deveria entregar o cartão de memória a Húngaro. Se ao menos soubesse o que ele continha...

— Amanhã pode ser tarde demais.

— Tarde demais para quê, comandante? O que há no cartão de memória?

— Pegarei o primeiro voo para Paris. Podemos nos encontrar no aeroporto e...

— Isso não será necessário. Estarei em Londres amanhã. De fato, posso voltar hoje mais tarde. Assim que chegar, ligarei para o senhor — cortou Ruppel. — Comandante, o senhor sabe o que há no cartão, não é?

— O projeto, claro. Sei que você deve ter tentado lê-lo, mas pare agora.

Ruppel achou a voz do comandante Húngaro um pouco trêmula.

— Por que, comandante?

— É perigoso.

— Claro... — Ruppel sorriu. — Então o comandante Nogara está do nosso lado? — deduziu Ruppel.

— Nogara e Alfaro são amigos de longa data. Não acho que podemos confiar nele.

As peças não estavam se encaixando naquele quebra-cabeça. Algo estava faltando — ou alguém. Além disso, o comandante Húngaro estava mais agitado que o usual. Ruppel nunca o vira assim antes.

O comandante Húngaro pareceu perceber a desconfiança de Ruppel.

— Não há com que se preocupar. Estamos nessa juntos, tudo será revelado no momento certo. Há pessoas trabalhando nisso.

A voz dele era firme agora.

Ruppel olhou seu relógio. A princípio, a senha de conexão da criptografia do telefone era alterada a cada trinta segundos. Ele não arriscaria. Três minutos de conversa. Depois disso, um bom programa de software poderia quebrar qualquer coisa. Antes de desligar, ainda ouviu:

— Preciso desse cartão de memória.

CAPÍTULO ONZE

O avião para Londres estava lotado, como sempre. O comandante Alfaro olhou para o lado, onde uma senhora dormia alheia a tudo o que acontecia. Como ela conseguia? Ele já tomara três doses de uísque e o sono não vinha.

Na outra poltrona, no corredor, uma jovem lia *Queda de gigantes*, de Ken Follet, e parecia ter o mesmo problema para descansar. Alfaro lembrou-se do próprio livro esquecido na cabeceira. Se não tivesse saído tão rápido do Brasil, poderia ter se preparado melhor para a viagem

O que estava lendo mesmo? Alguma história situada em meados da Revolução Russa. Depois de meses sem abrir o livro, nem imaginava o nome da personagem principal.

Olhou para as outras cadeiras e arriscou descobrir o que cada um fazia. Nas poltronas de trás, uma família — pai, mãe e filho —, cada qual deitado no ombro do outro. Eram brasileiros, ele já os ouvira conversando, falando alto sobre o que fariam na infinidade de países que visitariam, como se fosse possível conhecer tantos lugares em tão pouco tempo.

Na poltrona à frente da moça com o Ken Follet, um casal de namorados saído de um filme dos anos setenta. Ela, com os cabelos totalmente despenteados e uma camisola branca enorme... ou seria um vestido? Ele, não menos esdrúxulo, com os cabelos loiros cheios de tranças, enrolados no alto da cabeça. Uma blusa branca amassada, um jeans sujo, e as pernas e os braços sobre a namorada fechavam o cenário do filme *Hair*, de 1979.

Logo na poltrona atrás da moça e nas demais, descansava um enorme grupo de adolescentes. Vinte ou vinte e cinco. Todos vestiam uma camiseta vermelha de algum curso de inglês e tinham mochilas da mesma cor, guardadas no bagageiro da cabine. Depois de uma grande discussão sobre quem era o mais inconveniente do avião, os adolescentes dormiam como anjos.

Alfaro detestava voos comerciais. As poltronas pequenas, as pessoas mal-educadas e a comida de plástico. Porém, não estava em condições de arcar com algo melhor. Ainda, pensou.

Continuando a especular com um pouco mais de seriedade, procurou por alguém suspeito. Mesmo que soubessem que estava a caminho de Londres, a viagem ainda era secreta e, sobretudo, perigosa. Dependendo do que acontecesse lá, talvez nunca mais voltasse para o Brasil.

Uma coisa, porém, era certa: não tinha que dar mais satisfação de sua vida a qualquer esposa temperamental. Divorciado havia mais de três anos, sua ex-mulher somente se preocuparia se não houvesse dinheiro na conta no fim do mês. Um desfecho ruim para um casamento ainda pior.

O que ainda poderia preocupá-lo era a filha. A mãe não tinha qualquer controle sobre ela, que se considerava dona do próprio nariz e do mundo, apesar de não ter um tostão para se sustentar. Com vinte e um anos, grávida do primeiro filho, estava solteira e trancara a faculdade. E, pior de tudo, não podia mais sequer ouvir o nome do pai. Desde o conturbado divórcio, tomara partido da mãe e não queria vê-lo nem pintado de ouro.

Alfaro tentou acomodar o corpo magro e pequeno na poltrona apertada. Esbarrou de leve na senhora ao lado, que não se mexeu, em sono profundo.

A aeromoça, como um fantasma, passeou pelo escuro corredor, batendo mais uma vez em sua cabeça. As poucas luzes acesas no teto indicavam que quase toda a tripulação estava dormindo, com exceção dos insones, inquietos, lendo livros ou assistindo à televisão com fones de ouvido.

Alfaro rodou o copo de uísque como se procurasse a resposta para seus problemas naquele objeto de plástico. Já bebera muito ou estava tendo alucinações? Podia jurar que era um homem, e não uma mulher, sentado à sua frente. As pessoas ultimamente eram tão andróginas que se tornava impossível identificar quem era o quê.

Esfregou os olhos e mexeu a cabeça devagar para um lado e para o outro. Os estalos do pescoço pareceram mais altos que o normal. Com um travesseiro nas costas, tentava amenizar as dores na lombar. Talvez somente mais quatro horas até Londres, agora. Com aquela comida sem gosto e naquela posição, nem o melhor Scotch do mundo o apagaria.

Não teria tempo de descansar em Londres. As coisas chegaram a um nível insustentável, a ponto de ele próprio ter que ir à Inglaterra. Não era possível que nada estivesse dando certo. Tudo fora preparado com bastante antecedência, todos os detalhes foram verificados.

Olhou novamente para os lados. A moça ligara a tela na frente dela e pareceu perceber o olhar dele, pois se virou com um sorriso cordial. Alfaro não correspondeu e fechou os olhos.

O que estava acontecendo? Algo estava errado, ele podia pressentir. Ruppel não ligara mais, e, se não fosse por Victoria, Alfaro não saberia o que estava fazendo. Ele era seu subordinado agora, então por que não entrava em contato?

Sashenka! Era isso que ele estava lendo. A personagem-título era uma bolchevique, e o livro era ambientado no período entre 1916 e meados de 1990. O autor era o historiador inglês Simon Montefiore.

Sua cabeça ficou mais pesada e as imagens dissiparam-se numa névoa. A respiração ficou mais lenta e seu corpo se aninhou na poltrona.

— Preciso ir ao banheiro — disse a senhora, tocando-lhe o braço.

A visão da torre Eiffel fizera Nogara alugar aquele apartamento. À noite, após as nove horas, ela se iluminava de um jeito único, como se houvesse partículas de estrelas brilhando por toda a sua superfície. Esse espetáculo ocorria a cada hora cheia, e ele não se cansava de admirar.

Àquela hora, entretanto, apesar de contar com o céu claro, continuava magnífica. Com a temperatura baixa, ele não precisaria esperar muito para que a chuva fina se transformasse em neve. Seria o cenário perfeito para alguém em paz.

Ali, sentado no sofá da sala, ouvia a esposa cantar na cozinha um *jingle* francês que anunciava uma marca de sabão para lava-louças na TV. Parecia feliz, como havia muito não ficava, e não imaginava o que ele acabara de fazer.

Nogara começou a tossir, e a mulher imediatamente apareceu à sua frente.

— Você está bem, Octavio?

Ela estava com um pano de prato nas mãos ainda molhadas e tinha um olhar assustado. Nogara endireitou-se no sofá e virou-se para ela. Os dentes amarelos, resultado de muitos cigarros, apareceram levemente num sorriso.

— Estou ótimo, não se preocupe.

A esposa estreitou o olhar. O corpo largado no sofá, a pele do rosto sem vida e os cabelos negros oleosos, cada vez mais escassos, diziam exatamente o contrário.

— Mesmo? — perguntou, chegando mais perto. — Ainda não está na hora do remédio. Você quer alguma coisa? — Ela parou. — Comandante Octavio Nogara, você não fumou, fumou?

— Claro que não.

A ideia não era ruim, mas naquele momento até o adorado cigarro estava fazendo-lhe mal.

— Só quero que você fique aqui vendo TV comigo e saia logo dessa cozinha.

Ela riu, satisfeita.

— Já estou acabando. Estou preparando uma sopa maravilhosa — emendou, enquanto beijava os dedos das próprias mãos.

Saiu em direção à cozinha, cantarolando.

Nogara respirou fundo. Sopa novamente. Estava enjoado de tanta sopa. Mas, na situação em que se encontrava, a dieta era fundamental. Sentia dor, mas preferiu não falar nada.

Àquela hora, o tenente Bernardo Oliveira já teria entregado o envelope a Ruppel. Em poucos dias, tudo estaria terminado e ele poderia ficar realmente em paz. Estava fazendo a coisa certa, aquilo precisava terminar.

Quando Húngaro ligara para sua casa, ele estava a ponto de desistir de tudo. Com as palavras e os incentivos certos, Nogara tomou uma decisão.

A espera era agoniante, e o comandante Nogara colocou a mão no peito. Tentou controlar a tosse, que não parava. Cada vez que isso acontecia, sentia pontadas por todos os lados. Após dois meses de cirurgia, ainda não conseguira se restabelecer. Tentava levar uma vida normal, trabalhando todos os dias e saindo por vezes tarde do escritório em Houilles. Entretanto, as dores cada vez aumentavam mais, assim como as doses dos remédios fortíssimos.

— Estou bem — esforçou-se para dizer, antes que a esposa aparecesse na sala.

— Quando ele chega?

Ricardo tinha os olhos arregalados e olhava fixamente para a avó.

— Seu pai? Não sei, mas sua mãe já deve estar chegando.

Susana observou a testa franzida do neto. Como ele podia ser tão parecido com Rodolfo?

— Quando vou ver meu pai, então, vovó?

— Por que essa agonia? Não sei. Você vai ver sua mãe, isso não basta?

— Não, vovó. Quero ver meu pai também.

Seus dedos se enrolavam nos cachos castanhos. A cabeça inclinada e os olhos escuros voltados fixamente para a avó. Às vezes parecia mais velho, e não uma criança de seis anos.

— Não sei quando ele chega. Contente-se com sua mãe. Ela é quem ama você de verdade. Ela é sua mãe. Não há amor maior no mundo do que o da nossa mãe, sabia? E o da vovó. Somos nós que cuidamos e amamos você.

— Papai me ama e eu amo os dois, vovó. Ele cuida de mim também.

— E a vovó? Você não ama?

— Também amo a vovó... Quando meu pai vai chegar? Estou com saudade dele.

Susana não entendia essa ligação entre Rodolfo e o filho. Ricardo parecia ter uma fixação pelo pai. Já notara o menino várias vezes fitar Rodolfo de modo apaixonado. Tudo era o pai, tudo tinha que ser conversado e decidido com o pai. E, a cada dia que se passava, Ricardo parecia uma miniatura de Rodolfo. O andar, os gestos, o olhar, o mesmo jeito de coçar o queixo. Aquilo era quase um pesadelo.

Olhou para o neto e suspirou. Carla devia estar maluca quando se casara com Rodolfo. Ela alertara a filha. Sua mãe sempre lhe dissera para não casar com militar. Da Marinha, principalmente. Nunca se sabe onde o navio estará, dizia. Susana seguira seus conselhos: o pai de Carla era um bom homem. Um pouco alienado, talvez, gerente de banco. Mas Carla, não, tinha que se casar com um militar.

Ela era obcecada por Rodolfo desde o início do namoro. Susana ainda lembrava as noites em que Carla ficava sem dormir, em que chorava pelo marido porque ele não ligara, porque saíra com os amigos ou porque fora a alguma festa e tinha chegado tarde. Rodolfo foi a pior coisa que podia ter acontecido na vida de Carla. Ele a transformara numa adolescente enlouquecida. Mas, inexplicavelmente, o namoro prosseguira.

Quando veio a notícia do casamento, Susana quase não acreditou. Cogitou a ideia de uma gravidez, pressionou Carla, mas não havia nada. Sua querida filha casando-se com aquele brutamontes? Não que ele não fosse trabalhador e até educado. Mas era um sonso. Com aquela imagem de bom moço, somente ela era capaz de ver suas verdadeiras intenções: destruir a vida de Carla. Seu marido, aquele tonto, adorava o genro. Ficavam horas na sala conversando os mais diversos assuntos, mas Susana sabia muito bem onde isso acabaria.

A inconsequência maior foi a gravidez no primeiro ano de casamento. O que Carla estava pensando? Que o casamento estava a salvo agora? Apenas conseguiria uma pensão, e não seria das melhores. Tantos bons partidos, e sua filha teve que escolher um militar. Como era mesmo o nome daquele médico que era louco por Carla? Aquele, sim, era um bom rapaz. Não discutia nunca e acatava todas as sugestões que ela dava. Lembrava-se de ele dizendo que, assim que se casasse com Carla, investiria na casa de Búzios. Bom rapaz.

Não havia um dia em que Susana não tentasse convencer Carla do erro que cometera. Isso não vai dar certo, minha filha, esse rapaz não é confiável, ela cansou de dizer.

O que estava acontecendo agora era culpa de Carla. Se ela a tivesse ouvido, não estaria passando por tantos problemas.

Susana olhou para Ricardo, que brincava com um pequeno barco no tapete da sala, parecendo já ter se esquecido da conversa.

— Comandante, o navio vem em nossa direção. Vamos atacar...

— Chega, Ricardo.

Ela tomou o brinquedo, diante dos olhos assustados do neto.

— Vamos tomar o café da manhã.

CAPÍTULO DOZE

Em alto-mar, nadando com uma mochila nas costas, um fuzil e minas de explodir cascos. A imagem do treinamento no Grupamento de Mergulhadores de Combate formou-se instantaneamente na cabeça de Ruppel.

Quando ainda era primeiro-tenente, fez parte do chamado grupo de elite da Marinha brasileira, os Grumec, como também eram conhecidos. Com doutrina semelhante à dos US Navy Seals e à dos British Special Boats Service, o curso tinha a função de prepará-lo para infiltrar-se, sem ser percebido, em áreas litorâneas e ribeirinhas, além de executar tarefas como reconhecimento, sabotagem e destruição de alvos de valor estratégico.

Nove meses de curso. Ruppel ainda se lembrava perfeitamente dos perigosos exercícios de retomada de navios, de instalações navais e de plataformas de petróleo, bem como de resgate de reféns dominados por terroristas.

O rigoroso treinamento de mergulhador de combate o habilitou a operar equipamentos de mergulho, armamento, explosivos, utilizar técnicas e táticas para guerra e conflitos, além de capacitá-lo a executar os diversos tipos de operações especiais.

Aquele era seu dia a dia alguns anos antes. Saltos de paraquedas a mais de quatro mil metros de altitude e embarque em submarinos em alto-mar.

Rígido treinamento físico militar e defesa pessoal. Dos trinta inscritos no curso, apenas quatro concluíram, e Ruppel orgulhava-se de ser um deles.

A metodologia do curso era fazer com que o aluno estivesse apto a resistir a qualquer tipo de pressão física e psicológica, a não desistir nunca. Era difícil para um leigo aceitar o treinamento. Algumas pessoas custavam a entender que o ambiente real, as situações de guerra, eram incomparavelmente piores.

Ruppel ainda serviu mais um ano no Grupamento de Mergulhadores de Combate, e foi lá que teve as primeiras noções do serviço de inteligência. Sua carreira estava agora irremediavelmente voltada para esse setor.

De repente, o quarto do hotel de Paris o sufocou. Tinha que sair de lá. Ruppel ainda não estava certo das boas intenções de seu antigo chefe. Por outro lado, o comandante Húngaro tinha razão: não era seguro ficar naquele hotel. O comandante Alfaro e companhia sabiam onde ele estava.

Ruppel precisava esconder o cartão de memória. Por sorte, tinha tudo de que precisava na pasta. Com uma goma especial, mais parecida com um simples chiclete, envolveu cuidadosamente o minúsculo estojo do cartão de memória. Depois, grudou o preparado no seu último dente. Alguns segundos para adaptar-se àquela coisa estranha e nova em sua boca, e pronto. O esconderijo perfeito. A goma deveria durar pelo menos vinte e quatro horas intacta. Antes disso, só sairia com uma solução especial.

A tatuagem da rosa dos ventos parecia ganhar vida no braço de Ruppel. Quando estava na Escola Naval, tatuara o desenho no bíceps. Outros tempos, outras regulamentações. A razão? Trazer sorte e assegurar que sempre voltasse para a costa com vida. Considerando a vida difícil do militar da Marinha, com mares imprevisíveis, um pouco de sorte era necessário. Ele só esperava não se decepcionar agora.

Vestido e com a mala pronta, desceu para a recepção.

Pegar o táxi do hotel não era uma boa ideia. Todos, exceto o comandante Húngaro, deveriam continuar imaginando que ele só voltaria para Londres no dia seguinte. Saiu do hotel e andou um quarteirão à procura de um táxi.

A chuva fina não havia afastado as pessoas da rua. Um jovem de casaco marrom e capuz enterrado na cabeça, andando na mesma calçada, chamou-lhe a atenção.

Ruppel sentiu um calafrio percorrer sua espinha, o mesmo de quando estava no metrô de Londres e na base naval francesa. Um táxi, precisava de um táxi.

Na Champs-Élysées, turistas andavam por todas as direções. Continuou caminhando e deu de encontro com um grupo enorme de pessoas em frente a uma loja. Ou seria um restaurante? As pessoas agitadas encobriam a fachada.

Perfeito. O lugar estava uma completa loucura. Apesar de seu francês ser elementar, era evidente que aquilo era um tipo de manifestação racial, resultado da proibição de uma jovem entrar no local. As pessoas cantavam, gritavam e agitavam cartazes com as palavras *raciste*, *discrimination* e *punition* grifadas em vermelho. Os ânimos estavam acalorados, era possível notar pelas testas franzidas e pelos braços em riste. A calçada estava praticamente toda tomada. Alguns turistas tiravam fotos da confusão, enquanto outras pessoas atravessavam a rua, fugindo do tumulto. O aglomerado de gente foi providencial, e Ruppel misturou-se à multidão.

Suspirou aliviado quando chegou ao outro lado do grupo, até sentir o cano duro de uma pistola em suas costas.

— Sem movimentos bruscos — sussurrou o homem em seu ouvido. — Continue andando normalmente e não olhe para trás.

Sua voz rouca com sotaque francês elevou-se quando Ruppel ameaçou se virar.

Sentindo a pistola pressionar suas costas, Ruppel obedeceu e andou sem rumo. Não disse uma única palavra. As pessoas na rua não percebiam o que estava acontecendo. Com a pistola, o homem o guiava.

— Se fizer tudo calmamente, ninguém sairá machucado. Um carro está nos esperando.

Antes que ele pudesse ver o Arco do Triunfo, avistou uma grande Toyota Hilux preta parada na esquina, a três quarteirões. Uma vez que tivessem o cartão de memória, não precisariam mais dele, pensou. Porém, qualquer reação seria muito perigosa. Um movimento errado, e ele poderia tomar um tiro ou ferir alguém.

Ruppel reparou na agência do HSBC bem à frente deles. Levantou os olhos, e, como imaginou, lá estavam as câmeras de segurança.

Mais uma rua, de Bassamo. O banco ocupava quase todo o quarteirão.

Bem embaixo de uma das câmeras, parou.

— O que houve? — perguntou o homem.

Pressionou com mais força a pistola em suas costelas.

— As câmeras. — Ruppel fez um movimento com a cabeça. — Câmeras de segurança estão cobrindo esse muro de cinquenta em cinquenta metros. Seu rosto já está gravado em todas elas. Atire agora, e em questão de segundos a polícia estará aqui.

Ruppel estava blefando.

O homem olhou para cima e, instintivamente, relaxou a pressão da pistola. Naquele segundo, os olhos de Ruppel filmaram em câmera lenta a rua à sua volta. Duas mulheres com sacolas da Louis Vuitton, um casal dividindo um guarda-chuva preto, uma família animada de quatro pessoas comendo sanduíches, dois homens de terno andando apressadamente, três jovens risonhas com mapa e máquinas fotográficas e um táxi parado na esquina, vazio. Ele tinha um segundo apenas, era sua deixa.

Ruppel soltou a maleta e, num movimento brusco, virou-se. Mais um segundo. Com a mão esquerda, num golpe rápido, empurrou o braço no qual o homem segurava a pistola, fazendo um gancho perfeito e prendendo-a contra seu próprio ombro esquerdo. Ao mesmo tempo, seu antebraço direito forçou o pescoço do francês, enquanto a mão segurava seu ombro pelo casaco, deixando-o imóvel. Com isso, desferiu-lhe várias joelhadas no estômago, além de acertar o ombro, o pescoço e o rosto com o cotovelo. A pistola voou pela calçada. Dois homens saíram da Hilux.

Seu algozes só tiveram tempo de ver Ruppel pegar a mala e correr para o táxi.

Sua respiração estava ofegante. Pela janela, viu o sangue escorrer pelo nariz do homem que gemia. Em volta dele, sanduíches no chão e pessoas correndo assustadas. Tivera muita sorte desta vez. O banco, o táxi e, principalmente, a destreza do motorista, que sumira no trânsito de Paris.

Era muito perigoso estar com o cartão de memória. Precisava chegar a Londres o quanto antes e escondê-lo num lugar seguro.

No aeroporto, seu cartão de crédito seria facilmente localizável, não teria como pagar uma passagem em dinheiro. Decidiu arriscar-se no Eurotúnel. Contaria com o motorista para chegar ao terminal antes de qualquer perseguidor e, com seu treinamento, para escapar.

A adrenalina estava a mil por hora e todos os sentidos aguçados. Era um animal em alerta na defesa de seu território. Somente quando o trem partiu em direção a Londres, seu coração desacelerou.

Ruppel saiu do vagão andando rápido no terminal lotado. De volta à Inglaterra, a depressão usual da escuridão. Fechou o sobretudo até o pescoço e enfiou a touca preta, protegendo-se mais do que do frio.

* * *

O quarto do hotel estava como ele deixara. De lá, fez algumas ligações.

Ainda não conseguira falar com Carla, muito menos com o filho. Aliás, desde que chegara a Londres não falara com Ricardo. Imediatamente a risada espontânea e os cabelos castanhos do filho apareceram na sua mente. Ele era inteligente, esperto e com tiradas sagazes que chegavam a incomodar. Muitas vezes Ruppel sentia como se olhasse a si próprio, em uma versão feliz e inconsciente das maldades do mundo em que vivia.

Caixa-postal. Talvez Carla não tivesse ligado o celular ainda. Na casa deles, depois de três toques, a metálica voz de Carla na secretária eletrônica. Ruppel suspirou. Era hora de ligar para a casa da sogra.

— Como vai, Susana? É Rodolfo quem está falando.

— Bem.

Ela nunca perguntava como ele estava, nem por educação.

— Carla está? Preciso falar com ela.

— Não. Você já tentou em casa?

Ruppel sorriu. O que você acha? Ele se controlou.

— É a secretária eletrônica que está atendendo. E no celular também — falou.

— Ontem a buscamos no aeroporto e ela nos disse que queria ir para casa. Ainda insistimos para que ficasse aqui, mas ela é teimosa. Deixamos os dois em casa. Meu neto, coitadinho, ainda queria ficar, mas ela estava irredutível. — Susana fez uma pausa.

— Vocês brigaram?

— Não. Caso ela entre em contato, por favor, peça que me ligue. — Ruppel cortou a conversa.

Algumas vezes, achava que a mãe de Carla o odiava. Longe dessa família talvez a vida deles fosse diferente, talvez seu casamento pudesse ser salvo.

* * *

— Temos que nos encontrar. Nenhum lugar é seguro para você agora. Esse cartão de memória é muito importante e eles farão qualquer coisa por ele.

— Sim, comandante Húngaro. Daqui a uma hora, mesmo local.

Ruppel desligou.

— Você está em Paris? — perguntou Victoria.

— Não importa. Por que você me largou no hotel?

— Eu estava seguindo ordens.

O tom de voz da princesa Diana tinha tomado conta dela agora.

— O que você tem para mim agora? O que a voz do MI6 quer que eu faça?

Ele andou até a janela e abriu um pouco a cortina, checando os carros estacionados e as poucas pessoas passando. Ruppel podia ouvir a respiração de Victoria, quase ofegante.

— Não tenho nada ainda.

Uma mensagem. Ruppel pegou o celular e viu a pintura. Outro código de *Os girassóis*. Agora, da série pintada por Van Gogh em 1889, uma repetição da terceira versão, exposta no Museu da Filadélfia, nos Estados Unidos. Doze girassóis e o mesmo fundo azul esverdeado. Ruppel nunca a vira pessoalmente. Talvez no próximo ano.

Novamente digitou a senha e a mensagem apareceu.

Encontre Húngaro. Não entregue o cartão de memória.

Ruppel riu. Agora ele podia se encontrar com o ex-chefe.

A pessoa tinha que estar por perto para enviar a mensagem. O homem do MI6? Então ele estava lá e sabia a senha para mandar a mensagem criptografada. Sim, tanto quem envia quanto quem recebe deviam dividir uma mesma chave, uma senha. Esse método criptográfico — criptografia simétrica — usava a mesma chave para criptografar e descriptografar uma mensagem.

Por isso, Ruppel sempre preferiu usar a criptografia pública. Ao contrário do outro método, adotava duas chaves diferentes, porém matematicamente relacionadas — a chave pública e a chave privada —, e ambas eram secretas, como um par interligado.

Ele apagou a figura.

Se sair com o cartão de memória não era uma opção, deixá-lo no quarto do hotel também não era uma boa ideia. Tanto o comandante Húngaro quanto a voz sabiam onde ele estava hospedado.

Ruppel bochechou a solução especial para retirar a goma do dente, esperou alguns segundos e desgrudou cuidadosamente o minúsculo estojo, que estava intacto.

Os apetrechos sobre a mesa do quarto pareceram brilhar: uma fita adesiva, o bloco do hotel e seu canivete. Tirou uma folha do bloco, cortou-a e embrulhou o pequeno tesouro. Colocou a fita adesiva e o canivete no bolso e desceu as escadas sem fazer barulho em direção ao lobby do hotel. A sala do computador. Ali, onde encontrara Victoria pela primeira vez, seria o local perfeito.

O ângulo da câmera de segurança estava direcionado para a mesa, o resto da sala ficava livre de filmagens.

O ambiente soturno era proporcionado pela luz do abajur e pelas janelas e persianas fechadas. Numa ponta da sala espaçosa, dois sofás verdes de três lugares com algumas almofadas pretas formavam um L. Na outra, a mesa com o computador de costas para o corredor.

Ruppel sentou no sofá oposto à mesa, fora do alcance da câmera. Abaixou-se e colocou a mão embaixo do sofá para sentir o acabamento. O forro estava fácil de descosturar, não seria necessário o uso do canivete. Com um pouco de pressão, cedeu.

O pequeno embrulho foi colado com a fita adesiva por dentro do forro do sofá. Outro pedaço de fita adesiva na costura selou o segredo.

Em vinte minutos, chegou ao The Alexandra: estava adiantado. O comandante Húngaro não estava em nenhum lugar à vista. A conversa animada das pessoas misturava-se ao som abafado de rock. Três pessoas no balcão. Um casal e um homem bebendo uma cerveja juntos. Um lado do pub tinha todas as mesas ocupadas. Uma delas com vários rapazes que falavam e riam alto.

O cheiro da comida atiçou seu estômago, fizera apenas uma refeição durante todo o dia. No bar, pediu um sanduíche com batatas fritas e uma taça de vinho tinto. Pegou a bebida e sentou-se no único canto vazio da sala, de frente para a entrada. Dali, veria o comandante Húngaro chegar.

Uma moça sorridente trouxe-lhe os talheres e o sanduíche, que ele comeu rápido. De barriga cheia, estava pronto para enfrentar qualquer inimigo.

O comandante Húngaro estava quinze minutos atrasado. Apareceu na porta ofegante e com o rosto pálido.

Atravessou o pub e se inclinou até a orelha esquerda de Ruppel.

— Temos que sair daqui agora, eles estão atrás de mim.

CAPÍTULO TREZE

A frase do comandante Húngaro não causou o efeito esperado. Ruppel colocou a taça de vinho sobre a mesa e limpou a boca com o guardanapo de papel. Estava calmo e não parecia disposto a se deixar levar por qualquer armadilha.

— Sente-se, comandante. Assim o senhor pode me contar por que estão aqui.

O comandante Húngaro fez um esforço para manter a compostura. Depois de algumas passadas de mão no cabelo, sua cor parecia voltar ao normal. Estava agasalhado para o inverno, e o aquecimento central do pub estava a toda.

— Você acha que isso é uma brincadeira?

Apesar de falar baixo, o comandante Húngaro parecia gritar.

— Não irei a lugar algum até que o senhor me explique exatamente o que está acontecendo. Não prefere tirar o casaco e o cachecol?

Ruppel cruzou os braços e se recostou na cadeira de couro desbotada.

— Quem são essas pessoas que estão atrás do senhor?

O comandante Húngaro fez um esforço para retirar as roupas de frio. Ele ainda não se sentara.

— Ruppel, eles estão atrás de mim. Na verdade, estão atrás de você.

— Atrás do cartão de memória, o senhor quer dizer?

— Exatamente.

— Bom, então podemos conversar calmamente, porque não estou com o que eles querem. Por favor, sente-se, comandante.

— Você não está? — perguntou, sentando-se à frente de Ruppel de modo grosseiro.

Ruppel levantou as sobrancelhas.

— Comandante, eu não poderia trazê-lo em segurança para cá.

O comandante Húngaro colocou o cotovelo na mesa.

— Eles vão revistar o hotel, você sabe.

— Ele está seguro — respondeu Ruppel.

— Isso pode parecer estranho para você, mas há muitas pessoas envolvidas nisso. Madison é uma delas, e Alfaro é outra. Estou trabalhando disfarçado e a ponto de ser descoberto. Tenho que devolver imediatamente o projeto para a Marinha.

— E quanto ao resto da missão? Não deveríamos achar o Quinta Coluna, o traidor?

— Você não compreende.

O comandante Húngaro virou seus olhos vermelhos para Ruppel

— Você não avisou a ninguém que me encontraria, avisou?

— Meu contato é quem tem me passado as instruções, que, aliás, o senhor disse que eu deveria seguir. E é por isso que também estou aqui.

— Seu contato está sendo manipulado, Ruppel. Tudo o que ele souber, eles saberão. Seus planos, localização, tudo. Eles sabem todos os nossos passos, não temos onde nos esconder.

O som de Amy Winehouse levantou os ânimos do bar.

— Talvez fosse melhor eu levar o cartão para o Brasil. Não consigo entender como o senhor pode trabalhar para a Marinha e com Madison ao mesmo tempo.

— Escute, Ruppel — Húngaro bateu na mesa, projetando o corpo para a frente e arregalando os olhos. — Você está aqui para despistar uma quadrilha. Estamos juntos, lembra-se? Você faz o Alfaro feliz e ele sai da minha cola. Assim, faço meu serviço. Eu mesmo tenho que levar o cartão para o Brasil.

Era difícil acreditar em alguém tão desesperado. Não apenas sua respiração, seu comportamento tinha um ar de exalação, como um balão esvaziando. Seria loucura entregar algo tão importante a uma pessoa naquelas condições.

— Você está fazendo a coisa certa. — Húngaro respirou fundo.
— Mas antes queria entregar-lhe isso. Você pode precisar.

O comandante estendeu a mão e colocou um objeto enrolado num pedaço de pano sujo sobre a perna de Ruppel. Era rígido e frio. Ele fitou Húngaro à procura de uma pista.

— Já está carregada, Ruppel. Tome muito cuidado.

Colocou a arma na cintura devagar sem tirar o pano que a envolvia. Não queria suas impressões digitais gravadas nela. Puxou a camisa de dentro da calça para cair sobre sua cintura.

Levantou-se e colocou o casaco, o cachecol, as luvas de couro e o gorro preto. Saiu sem dizer mais nem uma palavra para o comandante Húngaro.

O vento estava impiedoso. Ruppel fechou ainda mais o sobretudo e enterrou o gorro até quase cobrir os olhos. O metrô não era longe, ele chegaria em menos de meia hora ao hotel.

Apesar da escuridão, ainda havia pessoas na rua e no metrô. Ruppel observava tudo e andava rápido. Em trinta minutos, estava em seu quarto.

Ou no que restara dele.

A roupa de cama estava no chão; a mala, aberta; e suas roupas, espalhadas pela cama. O notebook estava ligado sobre a mesa, e a maleta, que antes o guardava, estava aberta, com todos os papéis no chão. Travesseiros e colchão rasgados, e a única cadeira do quarto estava virada. No banheiro, as duas toalhas estavam no chão e seus produtos de higiene, dentro da pia.

Por alguns segundos, Ruppel ficou parado, contemplando aquela bagunça. Talvez esse fosse um bom indício de que a voz e Alfaro trabalhassem contra a Marinha. Afinal, foram eles que disseram para não levar o cartão ao se encontrar com o comandante Húngaro.

Com aquela desordem, a polícia britânica rapidamente se envolveria. Ele precisava evitar isso a todo custo. Daria um jeito no quarto. Aquele não era o momento de mudar de hotel, muito menos de estratégia. A busca aconteceria cedo ou tarde, isso ele sabia. Por hora, tudo estava acontecendo como o esperado, e ele ganhara um pouco de tempo. Não haveria revista no seu quarto, pelo menos por enquanto.

Ruppel desligou o notebook e o guardou outra vez na maleta. O fecho estava intacto, como se soubessem a senha para abri-la. Suas senhas foram trocadas desde que Carla abrira a maleta, dias antes. Pegou as roupas e jogou-as descuidadamente dentro da mala, considerando o que o comandante Húngaro dissera. Fechou os olhos por alguns segundos e saiu daquele hotel, daquele cenário. Ruppel nunca o vira assim, agitado e parecendo não saber o que fazer. Os olhos do comandante estavam mais escuros que o normal, com pupilas dilatadas, como se mentisse todo o tempo.

Tirou a arma da cintura e colocou-a sobre a mesa. Por um momento, admirou o objeto. O pano sujo que a envolvia abrira-se, deixando-a à vista: era uma Taurus nove milímetros Parabellum.

Uma pistola especial da Marinha brasileira. Tinha bastante intimidade com esse tipo de arma. Sem tirar as luvas, puxou a trava de segurança para retirar o carregador. Estava completo. Quinze cartuchos. Puxou a corrediça e verificou que não havia munição na câmara.

Levou o ferrolho à frente e, com a arma descarregada, puxou o gatilho uma vez. A arma funcionava.

Depois de reintroduzir o carregador, engatilhou a arma para deixar um projétil na câmara. A arma agora estava pronta para atirar. Colocou a pistola no jeans atrás das costas.

Húngaro desligou o telefone. Já esperara quase uma hora por Ruppel. Deu o último gole do terceiro copo de cerveja e recolocou-o com vigor sobre a mesa. Não esperaria mais, não podia esperar. Precisava sair agora.

Voltou a passar pelos mesmos grupos que conversavam e notou que uns rapazes agora estavam bem próximos de sua mesa. Saiu do pub e enfrentou o frio. Então, Ruppel estava lhe dando uma volta, pensou. Bom, não podia culpá-lo, afinal não estava sendo a mais persuasiva das pessoas recentemente.

O número do ônibus vermelho de dois andares não importava mais, tinha que se afastar dali. Poucas pessoas entraram junto com ele. Passou o cartão Oyster de transporte e foi para o último banco, mantendo a cabeça abaixada.

Depois de um curto intervalo, já estava fora do ônibus. Uma das ruas tinha um restaurante em que ele poderia desaparecer.

O ônibus sumiu, e do outro lado da rua as árvores do parque pareciam lutar contra o vento.

Tremeu, mas não sabia se de frio ou de medo. A respiração saía como fumaça. Precisava de um cigarro. Húngaro avistou dois homens parados na esquina.

— Ei! Vocês! Têm isqueiro? — gritou ele, encarando os dois enquanto procurava cigarros no bolso.

Um deles sorriu de modo estranho e uma coisa brilhou em sua mão. Péssima ideia ter entregado a arma a Ruppel.

Com quarenta e oito anos, sem qualquer preparo físico e fumando ocasionalmente, Húngaro tinha pouco fôlego para correr. Não queria desistir, mas suas pernas e seu pulmão não estavam mais sob seu controle.

Foi o sorriso que confirmou que ele estava em apuros. Numa última tentativa de escapar, começou a gritar. Talvez alguém abrisse a janela e impedisse o que estava por vir.

Em seguida, veio a dor.

Um dos homens bateu com força em suas costas com algo que não conseguiu identificar. Não conseguia ver mais nada. A respiração lhe faltou, e caiu de joelhos no chão.

Outra vez, uma dor alucinante atrás de sua cabeça, deixando-o tonto. Estava a ponto de desmaiar. Um líquido escorria por sua testa. Tentou se levantar, mas suas pernas não o sustentavam mais. Outra pancada. Tentou gritar, mas nenhum som saiu de sua boca. Precisava de ar.

Um dos homens o levantou e segurou pelos braços. Húngaro parecia um reles saco de batata. Seu rosto agora estava bem próximo ao do rapaz. Num esforço sobre-humano, Húngaro abriu os olhos. Ainda piscou várias vezes antes de reconhecer o agressor. Do pub, agora ele se lembrava.

O outro rapaz tirou seu casaco, e um frio percorreu seu corpo. Pelo menos ainda estava vivo. Voltaram a atenção para ele, para seus bolsos, suas pernas, todo o lugar. Húngaro os ouvia gritar, ao mesmo tempo que tiravam tudo de dentro de sua carteira.

— Tem que estar aqui! Onde está?! — falou um deles em inglês.

O outro vigiava a rua.

O rapaz já o largara. Agora Húngaro estava no chão. A dor na cabeça era absurda. As costas pareciam fincadas com pregos. Ar, precisava de ar. Num grande esforço, tentou se levantar. Um chute na barriga, e ele estava no chão. Húngaro grunhiu de dor.

— Onde você escondeu? — disse um dos homens, apertando seu pescoço e abaixando a seu lado. Seu inglês de rua era difícil de entender.

Húngaro tossiu.

— Não está comigo.

Sua voz era inaudível.

— Mentiroso! Fale logo!

— Eu não mentiria — Húngaro conseguiu dizer.

O outro homem jogou sua carteira no chão.

Húngaro não ouvia mais nada. A mão forte apertou sua garganta como se fossem garras. Sua visão estava turva e não sentia as pernas.

A mão no pescoço afrouxou. Húngaro teve poucos segundos para respirar. Os pulmões encheram-se de ar, numa sensação maravilhosa.

— O que é isso na sua mão? — perguntou o rapaz.

A dor e a tensão faziam com que Húngaro apertasse ainda mais a mão. O homem segurou-lhe o braço.

— O que é isso na sua mão?! — gritou. — Quer brincar?

O homem tentou abrir a mão de Húngaro, que ainda teve forças para mantê-la fechada.

— O velhote quer brincar, cara — falou o homem, rindo. — Abra a mão, idiota! — disse, desferindo um soco no rosto de Húngaro.

Com a dor, Húngaro finalmente abriu a mão.

— Você está brincando comigo, seu filho da puta? Um maço de Marlboro?!

O rapaz jogou-o para o outro, que o abriu e esvaziou seu conteúdo no chão.

— Nada — disse.

— Você não sabe que essas coisas vão matar você?

A gargalhada ecoou na rua escura.

Então, Húngaro sentiu um forte golpe. Uma, duas, três dores agudas. E tudo ficou preto.

Os gritos lhe chamaram a atenção. Pela janela, ela viu um homem correndo. Quando ele se aproximou um pouco mais, ela segurou-se para não gritar. Outro homem acertou-lhe as costas com algo que parecia um bastão de beisebol. O homem mais velho caiu de joelhos, gritando a poucos metros da sua janela.

Os homens estavam todos vestidos de preto. Não conseguia ver muito bem a fisionomia deles, pois estava escuro. Os dois, em pé, eram altos e magros, apesar dos casacos, e usavam gorro preto. Bateram algumas vezes no homem, que caíra. Ela se encolheu e soltou devagar a cortina transparente.

Atrás da janela, pensava no que fazer. Nunca vira uma agressão física tão de perto. O bebê estava dormindo no quarto de trás. Não conseguia se mexer nem para chamar a polícia. E se eles a tivessem visto?

Reuniu coragem e andou até a porta para trancá-la. Lá fora, os dois homens gritavam, quase urravam, aparentemente xingando o mais velho, embora não entendesse o que falavam. De repente, tudo voltara a ficar silencioso.

Esperou alguns minutos e caminhou até a janela. Precisava saber o que acontecera. Olhou pela cortina e, aliviada, viu que não havia mais ninguém, além do agredido, que ainda estava no chão. Parecia sentado, encostado ao muro. Suas pernas estavam esticadas. Ela pegou o telefone.

CAPÍTULO CATORZE

Ele andava de um lado para outro como um leão preso na jaula de um zoológico. Respirava fundo e passava a mão nos cabelos finos despenteados. Sem notícias, ficava cada vez mais agoniado.

Pegou mais uma lata de cerveja na geladeira e tomou metade de uma vez. Alguns pingos caíram na camisa amassada. Com a manga, limpou a boca molhada. Colocou a lata em cima da pia da cozinha e pegou novamente o celular.

Nenhuma ligação perdida. Sinal perfeito. Já se passara mais tempo do que o necessário, e começava a se arrepender de ter dado o serviço àqueles rapazes.

Pegou a lata de cerveja e bebeu o que sobrara. O líquido âmbar escorreu pelo canto de sua boca. Amassou a lata e jogou-a em direção à lixeira, com violência. O barulho do alumínio ao se chocar com o que estava no chão interrompeu o silêncio sombrio do apartamento. Só queria que lhe dessem notícias, não era pedir demais.

Depois que os rapazes ligaram para avisar da revista inútil ao quarto do comandante Ruppel, pensou duas vezes antes de mandá-los atrás do comandante Húngaro.

No hotel, acontecera o inevitável: os rapazes conseguiram chamar a atenção de Ruppel. Nessas horas, discrição era a alma do negócio, virtude que, ele percebera tarde demais, os rapazes não tinham.

Eles, contudo, eram do grupo e deveriam ter uma chance. Olhou para a tatuagem com as duas cobras invertidas na mão direita e suspirou.

A polícia não poderia ser envolvida, como o próprio chefe lhe dissera. Depois da bagunça que os rapazes fizeram, esperava qualquer coisa. Não seria bom para ninguém ter a polícia britânica fazendo perguntas e mexendo em tudo. Só restava torcer para que a Marinha do Brasil pensasse do mesmo modo.

Sua equipe em Paris também não obtivera sucesso. Culpa do comandante Ruppel. Esperto e treinado, dava mais trabalho do que ele esperava. Sua única vantagem sobre o comandante era ter todos os dados da operação, enquanto seu adversário não conhecia o terreno onde pisava.

Olhou mais uma vez o celular. Nada. Na mesa da sala, sua pistola, que o atraiu como um ímã, brilhava dentro do coldre.

Vestiu o casaco preto, o cachecol xadrez escocês e bateu a porta. Acompanharia de perto o que estava acontecendo. Nunca deixe garotos fazerem o trabalho de um homem, não era isso que diziam?

Na estação de trem, as pessoas andavam rápido e esbarravam umas nas outras. Um rapaz balbuciou algumas desculpas ao trombar com ele. Passou o cartão Oyster na catraca e aguardou o trem.

No vagão, sentou-se sozinho. Duas inglesas conversavam sem lhe prestar atenção. Sua perna balançava sem parar, fazendo um barulho esquisito em contato com o estofado. O telefone vibrou.

— Onde vocês estão?

Finalmente uma notícia. Ele podia ouvir a risada do outro rapaz.

— Não achamos nada com o velho, mas vamos querer mais dinheiro. O serviço foi pesado desta vez.
— Já acertei a quantia com vocês. Não sou eu quem banca essa operação.
— Então avise a seu chefe que queremos mais dinheiro, porque o velho já se foi.
— Foram discretos desta vez?
O rapaz repetiu a frase para o outro, que pareceu rir ainda mais.
— Está brincando? Claro.
— Sabem o que tem que ser feito agora, não? Direto para Putney, e fiquem de olho nele. Não façam nada até eu chegar.
— Podemos tratar disso.
— Não. Não tentem nada, entendeu? Em Paris... eles não... — Parou. As inglesas o encaravam.
— Já sei, o cara é bom. Sabemos lidar com esse tipo.
— Não façam nada, já falei. Ou não vão receber um tostão.
— Tudo bem, como quiser.
Ele suspirou duas vezes e tirou o cachecol xadrez escocês do pescoço. Apertou o número cinco da memória do celular e esperou. Pelo menos teria alguma notícia para reportar.
— Chefe, serviço feito.
— Limpo?
— Não tenho certeza, tenho que verificar.
— Não. Agora não há nada mais a fazer. Fique longe disso.
— E quanto ao comandante Ruppel?
— Victoria vai encontrá-lo no hotel. Você tem uma hora, mais ou menos. Não saia da cola dele. Não o perca desta vez.
Checou o relógio.

— Está tudo bem? Deseja mais alguma coisa?
O garçom perguntou educadamente, não queria importunar os clientes. A política do restaurante Pizza Express era deixá-los à

vontade. Porém, a mesa já estava ocupada havia mais de três horas, e ele só servira uma xícara de cappuccino.

Sobre a mesa, entre o cardápio e o vaso de flores vermelhas, havia uma infinidade de fotos espalhadas. Um mesmo homem aparecia na maioria delas, e em algumas trajava um uniforme branco, uma farda militar. O garçom evitava olhar para o que os clientes faziam para não os intimidar, mas já era a quarta vez que se aproximava da mesa e perguntava se estava tudo bem. Difícil, portanto, não reparar.

Por cima de algumas fotos, o computador estava aberto, e, sempre que arriscava um olhar, a mesma foto refletia na tela, um vaso de flores amarelas. Numa das vezes, tentou ser simpático, fez um comentário elogiando a figura, mas não foi correspondido. Ao contrário, o computador foi mudado de posição, de modo que ele não conseguisse ver mais nada.

Prometeu a si mesmo que não mais importunaria. Andou em direção ao cozinheiro e deixou mais um pedido. Outra garçonete lhe fez um sinal com a mão, indicando a mesa das fotos. Finalmente fora chamado, a espera não fora em vão.

— Poderia me trazer a conta, por favor?

Apesar da frase curta, foi fácil identificar o sotaque. Ele já estava acostumado. Em Londres, a comunidade brasileira contava com mais de duzentas mil pessoas. Como ele, muitas foram estudar, trabalhar ou tentar a sorte na Inglaterra.

— Você é do Brasil?

— Não.

— Itália?

— Com licença.

A mesa estava limpa novamente. As flores e o cardápio voltaram para o lugar.

O garçom coçou a cabeça enquanto olhava para a porta do restaurante. Outra mesa o chamou, e logo voltou a seus afazeres.

— Recebeu alguma gorjeta da mesa do Van Gogh? — Uma garçonete perguntou-lhe assim que depositou outro pedido para o cozinheiro.

— Van Gogh?

— Você não viu? *Os girassóis* do Van Gogh no computador da mesa seis.

— Como sabe disso?

— Fiz faculdade de artes na Polônia, nem sempre fui garçonete — falou-lhe, piscando o olho.

Mais uma vez a secretária eletrônica. Madison fechou a maleta com força e respirou fundo, enquanto mexia no bigode. As coisas tinham saído totalmente do controle. A Inglaterra não era mais segura.

Antes de qualquer coisa, teria que sumir com tudo que o incriminasse. Levantou-se e trancou a porta, não podia arriscar que a esposa entrasse em seu escritório.

Apesar de confortável, os quartos da casa eram pequenos. No escritório de Madison, havia apenas a mesa de vidro e uma estante de madeira de livros. Também havia uns toques decorativos que sua esposa fizera questão de colocar. Um bonito quadro na parede, o tapete bege no centro do quarto e um grande vaso de planta num dos cantos.

Tirou alguns livros da estante e apertou levemente a parede, que se abriu e revelou o cofre. Madison digitou a senha e puxou a porta pequena e pesada. Dentro, várias pastas e um envelope pardo.

Libras, dólares e reais enchiam-no. Jogou-o sobre a maleta. Em seguida, pegou todas as pastas e colocou-as sobre a mesa. Trancou o cofre novamente e arrumou a estante. Tudo como antes.

Sentado à mesa, abria pasta por pasta, fazia uma rápida leitura e triturava seu conteúdo. Cada folha era colocada cuidadosamente na máquina. Quando a última se foi, riu satisfeito.

Madison abriu a máquina e esvaziou as tiras de papel num saco de lixo preto. Olhou o relógio. Ainda havia o cofre do seu escritório na Shelter.

Com o saco de lixo nas mãos, pegou a chave do carro e desceu até a garagem.

Arthur ajeitou os óculos e empurrou a porta do quarto de hotel devagar, sem fazer barulho. Jurava que estivesse trancada. A cama feita indicava que a camareira passara por lá, mas suas coisas estavam exatamente como as tinha deixado.

Olhou no banheiro: tudo arrumado. Toalhas novas, xampu e cremes no lugar. O tapete do banheiro dobrado e estendido na borda da banheira. Sua mala estava sobre a poltrona. Sempre a deixava trancada. A não ser por ela, não havia muito com o que se preocupar. Reclamaria da porta. Era inadmissível que um hotel como aquele cometesse esse tipo de erro.

Deitou-se na cama e esticou as costas. Com os pés, tirou os sapatos, que voaram sobre o tapete. Pegou duas almofadas de veludo e colocou-as sob as pernas, aproveitando o momento de silêncio.

Desde que mudara a passagem para domingo, tivera também que trocar de quarto. Estava agora exatamente ao lado do de Ruppel e já ouvira algumas discussões. Apesar disso, Arthur não o vira mais.

Ligou a TV e pegou o celular. Seu chefe ligaria em dez minutos. Estava ansioso por novas instruções. Passou a mão na barriga e perguntou-se se aguentaria esperar tanto tempo.

CAPÍTULO QUINZE

Ruppel sentiu a arma incomodar-lhe as costas.
— Tudo bem com você, Rodolfo? — perguntou Victoria ao telefone.
— Por que não estaria?
— Foi apenas uma pergunta, não precisa falar comigo como... — Suspirou. — Escute, você está frustrado, eu sei, e está há muito tempo em Londres. — Parou. — Afinal, a missão é sua, sou apenas um contato, certo? Mas não me trate como uma inimiga, pois não sou
— Não mesmo?
— Não. Sei que existe alguém lá fora que está atrás do projeto da Marinha e estou ajudando a impedir isso.
— E se eu lhe dissesse que você pode estar recebendo instruções desse alguém? — arriscou ele.
Victoria riu.
— Agora a voz é a traidora? E se eu lhe dissesse que você estava colaborando com o traidor? Ele nem trabalha mais na Marinha. Você não acha estranho o fato de ele agora trabalhar com Madison?
Ela parecia não se conter.
— É o que venho me perguntando este tempo todo. Mas a voz não quer que você me diga, não é? Por que será, Victoria? Porque

o agente do MI6 sabia que eu não acreditaria nele? — Ruppel ficou agitado. — Porque ele sabia que eu poria fim aos planos dele?

— A voz não queria que eu lhe contasse porque você também era suspeito — gritou ela.

— Pelo amor de Deus!

Agora Ruppel podia entender por que Victoria agira de modo tão estranho com ele, como se estivesse com medo. Claro. Isso a impedira de confiar nele.

— Você acredita nisso, Victoria?

Fez-se silêncio do outro lado da linha. Ruppel insistiu.

— Victoria, você acredita realmente nisso?

— Não, não acredito. — Ela cedeu. — Você é uma boa pessoa e um profissional. — Parou. — Assim como a voz e o comandante Alfaro.

Ruppel não discutiria mais com Victoria. Ele falara mais do que deveria. O comandante Húngaro não era dos mais confiáveis naquela história, mas tinha razão em algumas coisas. Tudo que ele dissesse a Victoria, a voz saberia.

— Vamos aos negócios. O que você tem para mim agora?

— A voz quer que você me entregue o cartão de memória que recebeu em Paris — disse ela

Ruppel estava sem palavras.

— Isso está fora de cogitação, Victoria. Avise ao agente do MI6 que só entrego o cartão de memória a ele pessoalmente, ou pode esquecer. Se a voz for quem você diz, isso não será problema, não é?

— Ligarei agora — cortou.

Victoria tinha um gosto amargo na boca. Sua vida estava de cabeça para baixo. Edgar continuava ameaçando ir para Londres. E, agora, Rodolfo desconfiado.

— Já se encontrou com Ruppel, Victoria?

A voz foi direto ao assunto.

— Não. O comandante Ruppel não quer me entregar o cartão de memória. Só o entregará a você.

Victoria tamborilava os dedos na mesa.

— Certo, Victoria — disse a voz. — Vá ao hotel dele. Ele receberá uma mensagem em uma hora.

Uma hora para chegar ao hotel. Era mais do que suficiente, pensou.

Victoria estava esperando Ruppel no hall. Ele não a via desde o jantar em Paris.

— Você parece cansado — disse.

— Meu dia foi bastante agitado hoje — respondeu.

— Para onde vamos?

Ruppel olhou para baixo. Há poucos minutos, *Os girassóis* apareceram na tela do seu celular. A série das repetições, a quarta versão de Van Gogh, pintada também em 1889 e exibida no Museu Van Gogh, em Amsterdã. Quinze girassóis num fundo amarelo. Essa era uma das telas de que Ruppel mais gostava. Os diferentes tons de amarelo a iluminavam, algo ímpar para a época. Parecia que alguém sabia que gostava muito de pinturas, especialmente Van Gogh, e estava brincando com ele.

E onde estava seu mensageiro? Perto o suficiente para enviar-lhe *Os girassóis* e provavelmente observar seus movimentos. Não poderia ser o homem do MI6.

— Seu amigo do MI6 nos encontrará na estação de trem de Waterloo em uma hora. Temos que pegar o trem aqui em Putney.

— Mas ainda temos um pouco de tempo — disse ela.

— Sairemos agora mesmo, não tenho por que esperar.

A rua estava deserta. O serviço da companhia de gás, que deixara poeira e confusão na Upper Richmond Road, ainda continuava. Um buraco no meio da rua por quase oitocentos metros numa das pistas. Três carros estavam estacionados. Estranhamente, naquele aparente caos, Ruppel sentiu-se livre para conversar.

Victoria, não.

— Rodolfo, não quero parecer paranoica, mas tenho certeza de que há alguém nos observando.

Ele se virou para trás. Quase imediatamente, no meio da escuridão, por trás de um Astra preto solitário, um homem apareceu e uma faca brilhou em sua mão. Victoria deu um grito de horror.

— Quieta — sussurrou o rapaz.

Outro homem apareceu do outro lado com um pedaço de pau. Victoria fitou-os, congelada.

— Adivinha o que quero? — perguntou o rapaz a Ruppel. Ele andava rapidamente na direção deles.

Um deles aparentava não ter mais do que vinte e cinco anos. Seus olhos azuis arregalados iam de Victoria a Ruppel, depois para seu cúmplice, e voltavam. Poderiam ser irmãos. Mesma altura, uma pequena diferença de idade.

Ruppel levantou os braços e mostrou as mãos, como num assalto.

— Calma, rapaz. Tenho dinheiro no bolso da camisa e um bom relógio.

— Não se faça de idiota — murmurou o rapaz da faca. — Você sabe o que quero. Já fui muito bem pago.

— Tenha calma, e tudo ficará bem — disse Ruppel a Victoria.

— É, vai ficar bem se seu amigo nos entregar o que queremos. E não tente nada. Sabemos do que você é capaz de fazer — disse o mais velho. — Anda logo, não temos tempo a perder.

Movimentou a faca e manteve distância.

— Não chegue muito perto — falou um deles.

Ruppel fez menção de desabotoar o sobretudo.

— Posso? — perguntou.

— O que você está fazendo? — O rapaz aumentou a voz e empunhou a faca em direção ao rosto de Ruppel, que fitou o outro homem.

Poderia bloqueá-lo com o taco de madeira. Mas teria que esperar, não podia arriscar que Victoria se machucasse.

— Vou pegar o que você quer — explicou Ruppel. — Só preciso tirar de dentro do meu bolso.

— Não! Ela desabotoa seu casaco — disse, apontando para Victoria.

Apesar da expressão fria, ele percebeu que Victoria tremia. Ela chegou mais perto e seus olhos procuraram os dele, que a encarou por alguns segundos para que tivesse certeza de que ele a protegeria.

O homem estava atrás dela e empunhava a faca perto de seu pescoço.

— Anda, tira o casaco dele — grunhiu o rapaz.

A respiração de Ruppel estava suspensa. Agora ele era um animal esperando o momento certo para dar o bote. Victoria começou a desabotoar o casaco. Ela demorava mais do que o necessário.

— Ande com isso.

O rapaz aproximou ainda mais a faca. Estava tão próximo que parecia dançar com Victoria. A agitação fazia com que mudasse o peso do corpo ora para uma, ora para outra perna. Se a situação fosse outra, seria cômica.

Quando terminou, afastou-se.

— Não! Espere! Onde está?

Ruppel levantou os braços novamente, no mesmo movimento anterior.

— Está no bolso da minha camisa — falou.

Victoria afastou-se mais um pouco, mas ainda permanecia entre o rapaz e Ruppel.

— Precisa tirar meu sobretudo, está no bolso da camisa.

Ele apontou com o dedo a camisa de dentro do pulôver. O rapaz se virou para Victoria e, com a faca, fez um movimento para que ela tirasse o casaco de Ruppel.

— Anda, cara. Corta ele e vamos embora — disse o segundo rapaz, esgueirando-se pelas sombras.

— Cale a boca.

Victoria se aproximou novamente de Ruppel, que abriu um pouco os braços. Ela puxou a manga esquerda, e parte do casaco tombou no chão com o peso. Quando tentou passar pela frente dele, a fim de tirar a outra manga, Ruppel tocou-a com a mão esquerda, forçando-a a passar por trás. Ela seguiu sua ordem. Victoria agora estava atrás de Ruppel e longe da mira da faca.

Quando o casaco caiu todo no chão, Victoria abaixou-se para pegá-lo.

— Ei!

Ruppel não hesitou. Assim que os dois olharam para Victoria, bateu na mão que empunhava a faca, que voou em direção à calçada. Antes que o outro pudesse reagir, Ruppel puxou a arma de suas costas e apontou para o homem.

Victoria encolheu-se quando viu a arma.

— Largue o taco ou vou atirar — ameaçou Ruppel.

A pistola apontava na direção do rapaz que antes estava com a faca e que agora tinha os olhos arregalados. A arma estava engatilhada.

O outro rapaz jogou o pedaço de pau no chão, que Ruppel chutou para longe.

— Os dois, de costas para o carro agora.

Os dois rapazes viraram-se e encostaram no Astra. Victoria estava atrás de Ruppel, que revistou os dois rapazes, confiscou-lhe as carteiras e o celular, entregando-os a ela.

— Ajoelhem-se.

Ruppel estava irreconhecível. Victoria continuava a admirar a arma com espanto.

— Ele vai acabar com a gente — disse um deles.

— Cale a boca — gritou o outro rapaz.

Ruppel pegou a arma e forçou-a contra a cabeça do rapaz, sentindo o corpo dele enrijecer. Victoria fechou os olhos.

— Quem mandou vocês?

— Não interessa.

— E como entregariam o que ele quer? — perguntou Ruppel.

— Não vamos falar nada.

Num movimento rápido, Ruppel bateu-lhe com força na nuca, e o rapaz caiu inerte no chão. Antes que o outro visse, golpeou-o também.

Eles não falariam mais.

Ruppel colocou a arma nas costas, pegou o casaco no chão, a maleta e puxou Victoria em direção a Putney High Street. Correram até suar, apesar do frio.

Ruppel contemplou a mulher a seu lado, naquele beco escuro, e tentou não pensar no pior. Ela estava com medo, a despeito da expressão impassível.

— Pronta? — perguntou ele.

— Claro. Vamos para a estação?

— *Não.*

Segurou a mão de Victoria e puxou-a delicadamente. Ela estava trêmula. Correram ainda alguns minutos até chegarem a uma rua movimentada: Putney High Street.

A rua agora estava mais cheia. Na frente de um pub, várias pessoas bebiam cerveja e fumavam na calçada.

O sinal perto deles começou a apitar, e os dois atravessaram a rua.

— Tem um táxi mais à frente. Vamos andar devagar agora. Abaixe um pouco a cabeça para não chamar a atenção.

Ruppel puxou o chapéu de Victoria para cobrir-lhe mais o rosto. Ela o encarou.

Foram até o táxi. A mão dele apertava-lhe a cintura.

— Dê-me as carteiras e os celulares — pediu ele.

Victoria pegou-os no bolso e entregou a ele como se os objetos queimassem seus dedos. Ruppel procurou a última ligação nos celulares, memorizou os números e jogou tudo na lixeira.

— Vamos procurar outro hotel para descansar. Amanhã saberemos o que fazer.

— E o que direi à voz?

— Hoje, nada. Amanhã você dirá a verdade: fomos atacados e não conseguimos chegar ao destino. A voz entenderá. Não gostaria que você arriscasse a sua vida, não é? — Parou. — Vai dar tudo certo. South Kensington, por favor — dirigiu-se ao taxista.

Victoria ainda não soltara sua mão. Ruppel apertou-a um pouco mais e a soltou. Ela segurava o celular com a outra mão.

CAPÍTULO DEZESSEIS

A farmácia, o pequeno mercado e a loja de roupas. Parecia que ele dava voltas no mesmo lugar. Não era possível não lembrar como chegar à rua onde morava.

Edgar coçou a cabeça e olhou ao redor. Onde estava seu apartamento? Não era ali que morava? A noite estava escura, iluminada pelos postes de luz da rua. Mas, para ele, os carros pareciam mais coloridos, como se o sol refletisse seu brilho.

O vermelho estava mais vivo. O Peugeot azul, quase prateado. Quantos carros azuis havia naquela rua? Nunca reparara em tantos carros por ali. Eles cintilavam como estrelas.

A rua começou a embaralhar na sua cabeça. As pessoas passavam mais rápido e o olhavam sorrindo. Homens, mulheres, crianças, idosos, todos riam. E Edgar fazia o mesmo.

Colocou a mão na cabeça e sentiu-se extremamente cansado. Onde estava Victoria? Precisava dela. Ela saberia voltar para casa.

Fechou os olhos, e a imagem de Victoria apareceu como uma névoa, uma fumaça fraca que desaparecia lentamente. Tentou alcançá-la, mas a imagem se desfez entre seus dedos.

A Alemanha era sua última cartada, a chance de finalmente entrar no coração de Victoria. Ela não o amava como ele a amava, mas não podia perdê-la. Ela era seu ponto de apoio, seu pedestal. Arriscou tudo o que tinha quando ela disse que partiria. Não a deixaria escapar. Não agora. Faria qualquer coisa para que ela permanecesse ao seu lado.

A mulher na esquina de casaco vermelho acenou-lhe. Victoria. Edgar correu até não aguentar mais. Ela estava lá para salvá-lo.

— Senhor! O senhor está bem?

Edgar estava estendido no chão. A moça de cabelos castanho-claros olhava-o com a testa franzida. Piscou várias vezes até entender que ela falava alemão.

— Inglês. Fale em inglês, por favor.

— Você está bem? — perguntou ela, afinal. Seu sotaque era forte.

— Preciso ir para casa e não... Tenho o endereço no meu bolso. Você pode?... — disse ele, estendendo a mão.

— Claro — disse ela, enquanto o ajudava a se levantar.

A voz da mulher era doce, como seu olhar. As bochechas vermelhas de frio contrastavam com a pele branca de porcelana. Edgar não conseguiu identificar a cor de seus olhos. Ela usava um cachecol de lã azul. O casaco preto parecia de outra pessoa, muito grande para o corpo magro e pequeno.

As luvas de Edgar rasgaram-se com o tombo, e seu rosto estava repleto de arranhões. Tirou do bolso a carteira marrom, que caiu no chão e espalhou cartões de crédito, pequenos papéis e uma foto de Victoria.

A moça abaixou-se com Edgar, e ambos juntaram as coisas.

— Ela é bonita — disse quando entregou-lhe a foto.

— Minha esposa.

— Podemos ligar para ela? Ela pode vir buscá-lo?

— Ela não está em Frankfurt.

Edgar pegou um dos papéis e o entregou à mulher. Victoria pedira que ele mantivesse sempre na carteira o endereço de casa, seu tipo sanguíneo e o telefone dela e o de casa num pedaço de papel, para o caso de a bateria do celular acabar ou algo assim.

— Desculpe-me, mas podemos ir? Não estou me sentindo muito bem.

Os olhos dela se estreitaram, como se tentasse descobrir algo.

— Claro — disse, lendo o endereço no papel. — Na verdade, é logo ali na frente.

Edgar ajeitou a roupa e andou ao lado dela. Podia perceber seus olhares furtivos vez ou outra. Um estranho, aquela hora da noite, era perigoso em qualquer lugar do mundo.

Tirou o cachecol. Apesar do frio, sentia um calor inexplicável. Parecia sufocado.

Edgar olhava para os lados, tentando reconhecer o lugar. Era ali que ele e Victoria moravam? Tudo estava diferente.

— Chegamos, senhor.

Edgar não respondeu. Levantou a cabeça e observou o prédio branco, com varanda. Cambaleou e se apoiou na mulher.

— Você quer ajuda para subir?

— Por favor — disse ele, num sussurro.

Procurou as chaves no bolso do casaco e não achou. Podia ouvi-las tilintando, mas elas pareciam ter vontade própria e se escondiam.

A moça, delicadamente, enfiou a mão num dos bolsos do casaco e pegou a chave. Sem entender, Edgar fitava as próprias mãos.

Ela abriu a porta, e ambos entraram no elevador.

— Qual é seu andar?

— Terceiro... Não, quarto.

— Qual é o número?

— Quatrocentos e um.

Saíram do elevador. A mulher enfiou a chave na porta, que se abriu sem problema.

— O senhor está bem? Vou embora agora.

— Não. Por favor, entre um pouco. Não sou maluco nem vou lhe fazer mal. Só estou me sentindo tonto.

Edgar não percebia que ele próprio também se arriscava.

A mulher entrou e fechou a porta. O apartamento estava quente, como se o aquecedor estivesse ligado a todo o vapor. Edgar tirou o casaco, seguido por ela, e desabou no sofá.

Ela ficou em pé olhando para ele, sem saber o que fazer. Edgar, de olhos fechados, respirava profundamente.

— Senhor? Tem algum remédio que possa tomar?

Remédio. Ele abriu os olhos. Quem era aquela moça meiga parada à sua frente?

— Ali, por favor.

No balcão da cozinha integrada, em estilo americano, viam-se um vaso de flores secas e um porta-retratos. Ela abriu as portas dos armários até achar um copo, que encheu com água da bica. Pegou o remédio e entregou-o a Edgar.

Ele bebeu toda a água de uma só vez; estava morrendo de sede. A água escorria pelos cantos da boca.

A mulher, em pé, fitando-o sem expressão, tirou-lhe o copo das mãos e o colocou dentro da pia. Edgar fechou os olhos novamente, logo estaria bem. Victoria estava certa, ele tinha que tomar os remédios.

Quando abriu os olhos novamente, a mulher tinha o porta-retratos nas mãos. Seus lábios estavam apertados e ela respirava rápido. Parecendo notar o olhar de Edgar, colocou a foto no lugar e virou-se devagar, sorrindo.

— Creio que posso ir embora. O senhor ficará bem agora.

Edgar assentiu. A mulher vestiu o casaco e se dirigiu à porta.

— Não tenho como lhe agradecer. Meu nome é Edgar. E o seu?

— Emma.

Ela sorriu novamente antes de fechar a porta.

* * *

— Onde você estava? — perguntou-lhe Hans com os punhos cerrados. — Estou esperando há horas.

Emma entrou no apartamento e tirou o casaco.

— Não interessa. Quer controlar minha vida agora?

— Quero, desde que você começou a beijar quem não devia.

Emma suspirou.

— Você não podia ter seguido o plano? — continuou ele.

Ela não respondeu e foi direto para o quarto.

— Emma! Estou falando com você.

Hans arregalou os olhos azuis. Respirava rápido e encarava-a com as mãos na cintura.

— Tudo bem. — Ela se virou. — Não entendo como isso pode nos atrapalhar. Pelo contrário.

Hans andou até ela e puxou-a para que se sentasse na cama. Pegou-lhe a mão, fechou os olhos e respirou profundamente.

— Emma, não quero que você se machuque. Você é minha única irmã, e o que estamos fazendo é muito perigoso, não pode haver erros.

Emma entendia muito bem o que seu irmão dizia.

— Minha família de verdade, de sangue, é você, Emma. Isso aqui — disse ele, mostrando a tatuagem de duas cobras na mão — não é garantia para nada. Quando eles quiserem se livrar da gente... é assim. — Ele estalou os dedos.

— Como assim?

— Peter e Paul.

— O que tem eles?

Hans largou-lhe a mão e se levantou.

— O que têm eles? — repetiu ela, levantando-se também.

— Eles estão fazendo muita besteira em Londres. Você sabe como Peter é. Não é porque são do grupo, da família, que serão poupados.

Emma estava branca como um fantasma, colocou a mão na boca, chocada.

— Estou te dizendo. Faça algo errado e eles virão atrás de nós.

Hans passou as mãos nervosamente nos cabelos loiros.

— Não fiz nada de errado.

— Ah, não?

Ele saiu do quarto para lhe dizer algo. Emma seguiu-o até a cozinha. Hans estava apoiado na pia.

— O que você quer me dizer?

— Você ligou para Nicole.

Ela apertou os lábios. Sua amiga a entregara.

— Pedi um simples favor.

Hans deu um soco no balcão da pia.

— Droga, Emma! Aquilo não foi um simples favor. Nicole é um trunfo que temos. Ela não pode ser envolvida nisso agora.

— Ela não deveria ter falado com você.

— Ela estava preocupada! — berrou Hans.

Emma saiu da cozinha e foi para o quarto novamente.

— Não vou continuar com essa discussão. Não vejo como isso pode atrapalhar nossos planos.

— Não vê?

— Não. Ele já está voltando para o Brasil, logo teremos tudo. Você acha que ele vai arriscar alguma coisa agora? Não tem mais escolha. Ou faz o serviço ou faz o serviço. Só pedi a Nicole que mantivesse Peter longe dele. Você mesmo disse que ele põe tudo a perder. — Parou para respirar. — E o que diabos vão fazer com Peter e Paul?

Emma andava de um lado para o outro do quarto.

— Não sei os detalhes, mas é o português.

A voz dele estava mais baixa.

— Não gosto dele — disse Emma, que sentou na cama, colocou as mãos no rosto e sentiu a mão do irmão em seus cabelos.

— Desculpe ter gritado com você. Sei que não queria esse serviço desde o início. Forcei a barra e agora me arrependo. — Hans parou, ela encarou o rosto magro e pálido do irmão. — É um bom dinheiro, Emma.

Ele saiu do quarto. Emma olhou à sua volta e avaliou o cômodo pequeno. Fora difícil achar aquele apartamento.

Emma e Hans foram obrigados a sair de casa depois que os pais morreram. As dívidas consumiram seu patrimônio, e os dois, menores de idade, não tinham com quem ficar. Fugiram do orfanato e dormiram na rua, no frio. Algumas vezes, avistavam um terreno baldio para passar a noite. Emma ainda se lembrava dos bichos que a faziam tremer.

Tinha quinze anos e seu irmão, dezesseis, quando conheceram o grupo. A família. Eles iam protegê-los e ajudá-los, sempre; essa fora a promessa. Depois de quase doze anos, Emma descobriu que era uma mentira. Qualquer coisa errada e eles se livrariam dos integrantes como se fossem lixo?

Ela abriu e fechou a mão até que o band-aid descolasse. Puxou o curativo, e uma gota de sangue correu pela tatuagem de cobra.

CAPÍTULO DEZESSETE

South Kensington, felizmente, era um local com vários hotéis. O taxista parou no primeiro. A cabeça de Victoria estava encostada no ombro de Ruppel, e ela se assustou quando ele começou a falar com o motorista.

Entraram no London Forum Hotel sem dizer uma única palavra. Victoria só queria descansar um pouco. A tensão e a correria do dia inteiro deixaram-na exausta. Num quarto imaginário, seu estômago reclamava por comida.

Ruppel pediu um quarto duplo com duas camas e evitou olhar para Victoria. Pegou duas notas de cinquenta libras na carteira e pagou a estada.

O quarto era espaçoso, apesar de simples. Entre as duas camas de solteiro, uma mesa de cabeceira com telefone, uma mesa e duas cadeiras, um abajur de pé com uma luz fraca e a TV. Tudo estava muito limpo e arrumado. A temperatura perfeita para dar um pouco de cor às bochechas.

Victoria deu uma olhada no quarto, passando rápido pelas camas.

— Preciso tomar um banho e comer alguma coisa. Você não quer ver o cardápio e pedir algo para nós?

Ruppel estava em pé na porta do banheiro.

Ela concordou, pegou o cardápio e sentou-se na cama. Ruppel fechou a porta.

Victoria não sabia muito bem o que fazer. Leu o cardápio sem prestar a menor atenção no que estava escrito e largou-o sobre a cama antes de pegar o controle remoto e ligar a televisão. Esticou as costas, fechou os olhos e ouviu a TV.

O barulho da água no banheiro fez Victoria cochilar. Estava nesse torpor quando um comentário sobre a Marinha brasileira a fez abrir os olhos. A fotografia de um homem, aparentando cinquenta anos, com o nome de capitão de mar e guerra Gerson Húngaro, apareceu na tela. A reportagem já estava no fim.

Aflita, Victoria pegou o controle remoto e percorreu os canais de notícia. Caminhou até a porta do banheiro e parou. A água corria. A porta não parecia trancada.

Três pessoas foram encontradas mortas nas ruas da capital. Entre eles, um militar da Marinha brasileira, o capitão de mar e guerra Gerson Húngaro. Seu corpo foi encontrado em Calonne Road, Wimbledon, perto do parque...

Rodolfo tinha que ouvir isso

Ela empurrou a porta, mas Ruppel já estava saindo, ainda molhado, com a toalha enrolada na cintura. O repórter continuou.

Dois rapazes, ainda não identificados, foram encontrados mortos na Upper Richmond Road, em Putney. As autoridades procuram uma relação entre os dois crimes. Policiais estão investigando as câmeras de TV e procurando pistas.

Ruppel não disse nada. Os homens foram deixados bem, ela vira. Inconscientes, mas sem perigo de morrer por causa das concussões. Talvez tivessem congelado até a morte. Impossível.

Ruppel entrou no banheiro e fechou a porta. Victoria não quebrou o silêncio e continuou a trocar de canal.

Procurou pela arma de Ruppel com os olhos. Agora eram suspeitos de assassinato.

Depois de alguns minutos, Ruppel saiu do banheiro. O comandante Húngaro agia como um estranho recentemente, mas não merecia morrer. Seu antigo chefe fora assassinado e ele sentiu um gosto amargo na boca.

— Chega, agora tomarei minhas providências — disse Ruppel.

Ligou para o capitão-tenente Tiago Baumer. Com sorte, estaria em casa àquela hora.

— Tiago? Comandante Ruppel, tudo bem?

Ele servia agora no Estado-Maior da Armada, em Brasília.

— Comandante! Que bom falar com o senhor. Já faz algum tempo, não é?

— É... Tiago, desculpe incomodá-lo no fim de semana, mas preciso de sua ajuda. Você pode me conseguir os telefones do diretor do CIM? Não posso mais usar meu celular. Eu não lhe pediria isso se não fosse importante.

— Preciso de quinze minutos. O senhor me liga?

— Fechado. E obrigado, Tiago.

— O que o senhor precisar.

Ruppel desligou o telefone e deu uma rápida checada no relógio. Quarenta e três segundos. Victoria o estava encarando.

— Tiago trabalhou comigo no CIM há uns anos atrás. Ele é de confiança e muito esperto, vai nos ajudar — ele parou. — Você não quer se refrescar um pouco para comermos alguma coisa? Um sanduíche, uma pizza?

— Pizza. — Ela se levantou e, sem dizer mais nada, entrou no banheiro.

Na cabeça de Ruppel, um plano se formava. Contudo, antes, precisava proteger Victoria. Ela não trabalhava na Marinha e estava envolvida numa perigosa trama.

A água do chuveiro caía no chão.

Carla. Ela ainda não respondera de casa nem pelo celular. Ruppel desligou novamente ao ouvir a secretária eletrônica. Onde estava Ricardo? Precisava falar com o filho. Onde estavam todos?

A água do chuveiro parou. Ruppel ligou para Tiago e anotou tudo de que precisava.

Não era tão tarde no Brasil. Ruppel preferiu ligar para o celular. Pelo prefixo, era mais um da linha criptografada da Marinha.

— Boa noite. Almirante Maiochi, por favor?

— Quem está falando?

— Capitão de corveta Ruppel.

O almirante Maiochi deveria saber de todos os assuntos do Centro de Inteligência.

— Pois não.

A voz soou grave e formal. Eles não se conheciam.

— Almirante, boa noite. Desculpe incomodá-lo num sábado. Sou o comandante Ruppel, da Diretoria de Sistemas de Armas. Estou em missão em Londres pelo CIM, a mando do comandante Húngaro. Ele foi para a reserva e hoje foi assassinado aqui.

— Continue — disse o almirante Maiochi.

— Esta é uma linha segura, senhor?

Ruppel resumiu toda a história para o almirante. A apresentação, o ataque em Paris, o ataque em Putney, a morte do comandante Húngaro, sem se esquecer do comandante Alfaro, da voz, do comandante Nogara em Paris e, finalmente, de Victoria.

Por vezes, Ruppel, que falava rápido e de forma objetiva, parava para se certificar de que Maiochi ainda o escutava.

— Você está no hotel? — perguntou o almirante Maiochi.

— Em outro.

— Certo. Ligue amanhã às oito horas da manhã para este mesmo telefone.

— Ligarei. Tenha uma boa noite, almirante.
— Você também, Ruppel.

Ruppel desligou o telefone, mais tranquilo. Por ora, sentia falar com alguém influente o bastante para mudar os acontecimentos.

Ao se virar, Victoria estava em pé na porta do banheiro, enrolada no roupão branco do hotel, descalça e de cabelos molhados. Parada, parecia indefesa, bem diferente daquela pessoa segura que ele conhecera.

A batida na porta a sobressaltou.

— A pizza — falou ele.

Por precaução, pegou a arma e segurou-a atrás do corpo. Abriu a porta e deixou o rapaz entrar com a comida. Quando a porta se fechou, viu Victoria sentada e encolhida desconfortavelmente na cama.

Ruppel guardou a pistola na pasta, pegou a mão de Victoria e a puxou para a mesa. A pequena refeição ocorreu em silêncio. Os dois pareciam estar com mais fome do que imaginavam. Quando só havia bordas e restos de queijo, Ruppel falou.

— Victoria, quero que você saiba que estou fazendo tudo ao meu alcance para sairmos dessa situação, principalmente para tirar *você* dessa situação — começou.

Ela permanecia em silêncio.

— O almirante Maiochi, diretor do CIM, nos dará algumas respostas amanhã.

Ruppel parou, procurando as palavras.

— Agora, mais do que nunca, temos que desconfiar de tudo e de todos.

— Está querendo dizer que devo desconfiar de todo o pessoal do MI6? — perguntou ela.

— Não sabemos se a voz é realmente de um agente do MI6. Foi ele quem disse isso a você — prosseguiu Ruppel. — Pelo menos, seja mais cautelosa até obtermos as confirmações.

Ela concordou com a cabeça, mas Ruppel sabia que ela não o atenderia.

* * *

O comandante Húngaro fora brutalmente assassinado. Surrado e esfaqueado. Sua carteira, o dinheiro e um maço de cigarros foram encontrados a seu lado, o que fez a polícia descartar um assalto. O crime fora denunciado por uma mulher não identificada. A Marinha do Brasil não se pronunciara ainda, pois aguardava os resultados da perícia.

Não havia fotos das duas outras pessoas assassinadas naquela noite. A descrição das vítimas batia com a aparência dos homens que os atacaram mais cedo. Cada um levara um tiro na testa e não tinha pertences.

Os olhos de Ruppel ficaram embaçados e as palavras na tela do computador dançavam à sua frente. Agora que a tensão aliviara, começava a sentir algumas dores no corpo. Victoria secara os cabelos e estava deitada na cama perto da janela, embaixo das cobertas.

Ruppel desligou o notebook e entrou no banheiro. Ao se olhar no espelho, tomou um susto. A barba por fazer e o rosto cansado cumprimentaram-no. Estava irreconhecível.

Ao entrar novamente no quarto, apenas a luz do abajur estava acesa. Victoria estava de costas para a porta do banheiro e para a outra cama, como se dormisse. Talvez fosse melhor assim.

Ruppel sentou-se na cama e Victoria virou-se para ele.

— Desculpe — disse ele. — Não queria acordá-la.

— Eu não estava dormindo.

Sem saber por que, Ruppel sentou-se na cama de Victoria e lhe afastou uma mecha de cabelo que caía pelo rosto. Victoria não se moveu, parecia não respirar.

— Dará tudo certo, tudo bem? — sussurrou ele

Victoria o encarou.

— Eu sei.

Ruppel passou devagar a mão em seu rosto. O cheiro de sabonete entrava por suas narinas. Os dois se contemplaram. Ruppel tinha medo de fazer qualquer movimento brusco e assustá-la.

Estava desesperado para abraçá-la, ter Victoria aninhada em seus braços, sentir seu corpo.

O clima foi interrompido pelo barulho de pessoas andando no corredor. De repente, Ruppel se deu conta da situação em que se encontrava e se levantou.

— Boa noite, Rodolfo — disse Victoria, virando-se.

— Boa noite — respondeu ele, voltando para a própria cama.

Num minuto, estava dormindo.

Quando Ruppel acordou, Victoria já levantara e suas roupas não estavam mais na cadeira. A porta do banheiro estava fechada e ele ouviu o barulho de água.

Victoria saiu do banheiro vestida, maquiada e bem-disposta.

— Você quer alguma coisa? — perguntou. — Bolsa de mulher tem tudo. Tenho escova de cabelo, pasta de dente, lenços umedecidos, maquiagem, perfume...

Ela remexia a bolsa.

— Não, obrigado. — Ruppel sorriu. — Tenho algumas coisas na minha pasta também. A propósito, você tem tinta de cabelo?

— O quê?

— Estão procurando por uma mulher morena, Victoria. Preciso que você mude a cor do cabelo e as roupas.

— E como conseguirei isso?

Ele sorriu.

Sozinha no quarto, Victoria ligou seu telefone, que imediatamente começou a vibrar. Era a voz. Ligou a TV e foi para perto da janela.

— Onde você está? — perguntou a voz.

— Estou bem. Obrigada por perguntar.

— Por que vocês não apareceram? Esperei muito tempo.

— Você não viu as notícias no jornal?

— Que notícias?
Victoria suspirou. Como não sabiam de nada?
— No caminho da estação de trem. Fomos... interceptados. Dois rapazes.
— Eles conseguiram o que queriam?
— Conseguimos fugir, mas foi uma noite terrível.
Uma pausa, e então:
— Onde você está?
Ela hesitou.
— Estou no hotel.
— Temos que marcar um novo encontro. Avise a Ruppel para trazer o cartão. Mesmo local de antes. Em duas horas está bom?
— Não sei, perguntarei a ele. Não o conheço mais...
Victoria lembrou-se da arma na mão de Ruppel.
— Se o cartão não vier para mim, isso é sinal de que irá para Madison. Já pensou nisso? Ele é um suspeito, Victoria.
— Falarei com ele e depois entro em contato, tudo bem?
— Podemos protegê-la, Victoria. Pelo menos, mais do que Ruppel.
A voz ainda tinha o poder de enervá-la.
Quando Ruppel saiu do banheiro, estava barbeado.
— O que aconteceu? — perguntou.
— A voz.
Ela baixou os olhos.
— E? — insistiu Ruppel.
— Quer marcar outro encontro, daqui a duas horas.
Ruppel não respondeu. Guardou o notebook na pasta.
— Rodolfo?
— Estou pensando, Victoria.
Ela não conseguia entender: Ruppel tinha a oportunidade de colocar um ponto final naquela história.
Ele perguntou se a voz mencionara o comandante Húngaro.
— Não, só pediu que eu ligasse para confirmar o encontro.

Ruppel pegou o cardápio do restaurante e lhe entregou.

— Acho melhor comermos aqui no quarto, tenho que ligar para o almirante Maiochi às dez horas.

Victoria abaixou o cardápio.

— Rodolfo, por que você está usando uma arma?

CAPÍTULO DEZOITO

Ruppel abriu a pasta, pegou a arma, destravou-a, tirou o carregador, verificou a câmara, travou-a novamente com um clique e colocou-a na mão de Victoria. O procedimento levou dez segundos.

— Essa é uma pistola Taurus nove milímetros. Você foi militar, ainda deve lembrar-se de como manejar uma arma. Provavelmente é a mesma que você usou no curso de formação da Marinha. — Ruppel falou devagar. — Está descarregada.

Victoria lembrou-se das aulas de tiro e refez os mesmos procedimentos de segurança que ele fizera antes, com um pouco mais de demora.

— Faz algum tempo.

— Mas você nunca se esquece. Isso nos salvou de ter o mesmo destino do comandante Húngaro. Se você precisar usá-la, deve estar pronta.

No fim do curso militar, Victoria tomara parte em várias competições. Porém, não tocava numa pistola desde que deixara a Marinha. Uma coisa era atirar contra um alvo, outra era atirar numa pessoa.

— Ela ficará na minha pasta temporariamente — disse ele, guardando-a.

Victoria concordou com a cabeça.

* * *

Ruppel sentou-se na cama e ligou para os últimos números que vira no celular dos homens que lhes atacaram. O segundo número atendeu.

— Quem fala? — disse a voz em português.

— Quem está falando?

— Comandante Ruppel? Que surpresa! Resolveste facilitar minha vida? Estás com uma coisa que é minha.

O português era de Portugal.

— Quem está falando?

— Uma pessoa que sabe tudo sobre tua vida... Carla, Ricardo, teu bonito apartamento no Brasil.

Ruppel já sabia aonde isso levaria.

— Se você tocar neles, eu o caçarei pelo resto da vida.

Sua voz estava rouca.

— Se fizeres tudo que eu disser, eles estarão em segurança — sussurrou o homem. — Estarei esperando daqui a duas horas no Hyde Park.

— Onde no Hyde Park?

Ruppel respirou fundo.

— Tu sabes onde.

A linha ficou muda.

Ruppel deu um soco na mesa. Imediatamente telefonou para Carla. Onde eles estavam? Onde estava Ricardo?

— O que você pode fazer? — perguntou Victoria, enquanto ele andava freneticamente, teclando os números do celular a cada trinta segundos.

Ruppel esfregou a testa. A imagem de algo acontecendo com Ricardo o fez sentir uma dor aguda na cabeça.

— O que ele quer?

— O cartão, o que mais? Todos querem.

Ruppel fechou os olhos, balançou a cabeça e tentou descobrir o que estava acontecendo.

— Já o encontrei antes.

Deu um longo suspiro.

— Quem?

— Esse homem. Eu o encontrei antes. Ele disse que eu deveria encontrá-lo no Hyde Park e que eu saberia onde. Quando liguei de lá para você, sentado num banco, vi um homem, mas não suspeitei. Quando estava voltando para o hotel, ele me seguiu. Consegui despistá-lo.

— Pelo menos você sabe como ele é...

Recompondo-se, o rosto de Ruppel voltou a ficar frio e distante. A voz não colocaria as mãos no cartão.

Carla! Ela atendeu.

— Carla, graças a Deus! Tenho ligado para você há uns dois dias e não podia... onde você está? Onde está Ricardo? Por que não atendia ao telefone? — perguntou.

— Estamos bem. — Ela soluçou. Ruppel podia ouvir o som de carros e do barulho vindo da rua ao fundo.

— Estou com medo, Rodolfo. Você já sabe o que está acontecendo?

— O que está acontecendo, Carla?

Victoria correu para o banheiro.

— Um homem tem ligado, inclusive para meu celular. Parei de atender. Uma voz horrível, Rodolfo. Estranha... irônica... Tentei te ligar um milhão de vezes...

— Ele se identificou?

— Só disse que não aconteceria nada conosco se você fizesse a coisa certa. O que você tem que fazer, Rodolfo? Estamos em perigo? O que está acontecendo? — implorou ela.

— Fique calma, Carla... Agora preste atenção. Não quero você nem Ricardo sozinhos. Leve-o para a casa de sua mãe. Vá agora.

Leve roupa para uma semana. Estarei de volta antes que você perceba.

— O que está havendo? O que você está fazendo?! — Carla começou a chorar. — Você vai arriscar nossas vidas?

Estava histérica.

— Não assuste Ricardo. Ponha ele na linha.

— Ele ainda está dormindo. Por favor, Rodolfo! Estou com medo!

— Chega, Carla! — insistiu Ruppel. — Você tem que se acalmar, amor. Acorde Ricardo e faça o que eu disse.

— Está bem, confio em você. — Ela fungou. — Eu te amo, Rodolfo.

— Dará tudo certo, querida.

Por detrás da porta, Victoria ouviu o suspiro de Ruppel. Não queria escutar a conversa deles, sentia-se uma intrusa. Mesmo assim entendeu o que ele dizia.

Não havia nada a fazer, sabia. Para ela, a única saída de Rodolfo era encontrar o tal homem, entregar-lhe o cartão de memória e salvar a família.

Victoria passou uma mensagem de texto para o celular da voz.

Família de Ruppel ameaçada. Homem misterioso quer encontro hoje no Hyde Park.

O risco que ela estava correndo era grande. Se Ruppel soubesse o que acabara de fazer, nunca mais confiaria nela. Talvez a voz o ajudasse.

Uma nova mensagem de texto apareceu no celular dela.

Procure o cartão de memória.

Victoria gelou. Vasculhar as coisas de Ruppel? Preferiria ir embora e nunca mais voltar.

Fora do banheiro, Ruppel olhava pela janela.

— Desculpe, mas ouvi um pouco de sua conversa. Carla tem recebido ameaças por telefone?

— Um homem. Ele quer que eu faça o que é certo, ela disse. Querem me forçar a entregar o cartão de memória. E, se já têm o telefone da minha casa e o celular dela, têm tudo.

— O que você vai fazer?

— Vou me encontrar com ele. Não posso arriscar minha família.

— Você vai entregar o cartão?

Ruppel não respondeu.

— A voz quer nos encontrar — insistiu ela.

— Não diga nada a ele, Victoria. Isso agora é entre mim e esse sujeito. É a minha família.

— É um agente do MI6, Rodolfo. Poderia nos ajudar.

— Por favor, Victoria, pare de falar assim.

Ruppel entrou no banheiro e fechou a porta.

Sem saber por que, Victoria começou a revistar as coisas de Ruppel. Pegou o casaco dele e enfiou a mão nos bolsos, por dentro e por fora. O barulho da torneira lhe dava uma noção de quanto tempo ainda lhe restava. A culpa a assolou, mas não via outra saída. Ele entregaria o cartão de memória para o homem.

Abriu a pasta de Ruppel e procurou entre os papéis.

O cartão de memória era pequeno o suficiente para estar escondido em qualquer lugar. Num dos compartimentos, Victoria sentiu a frieza da arma. Puxou a mão. Foi como se uma cobra a tivesse mordido. O que estava fazendo? Pelo amor de Deus!

Foi para a janela. Não conseguiria encará-lo depois do que fizera.

A porta do banheiro abriu-se, e Ruppel aproximou-se dela. Victoria podia sentir a respiração às suas costas. Mãos tocaram-lhe os ombros.

— Sei que você também está preocupada, Victoria. A situação está complicada. Mas você tem que confiar em mim. Você confia?

Os olhos dela encheram-se de lágrimas. Por sorte, ele não conseguia ver seu rosto quando ela olhou para cima. Não entenderia.

Sua voz era quase um sussurro ao responder:

— Confio.

Ruppel tirou as mãos de seu ombro e, do meio do quarto, começou a falar.

— Em poucos minutos, falarei com o diretor do CIM. Tenho certeza de que ele desvendará todo esse mistério — parou. — Não quer pedir o café? Um croissant de queijo e presunto e um cappuccino?

Parecia tentar animá-la.

Victoria ligou para a recepção e perguntou se havia alguma farmácia por perto. Uma Boots, talvez. Afinal, parecia haver uma a cada esquina.

— Vocês têm serviço de courier?

— Pergunte se há lojas de roupas nas redondezas — sugeriu Ruppel a Victoria.

— Ah, tão perto... — Victoria balançou a cabeça.

Ela pediu o café da manhã, seu estômago roncava. O fato de falarem sobre comida acordara seu cérebro. De repente, ficara faminta.

As informações eram mais detalhadas agora.

O comandante Húngaro levara três facadas na barriga, após ter sido surrado. Os outros dois homens assassinados foram identificados. Observando as fotos, Ruppel reconheceu os capuzes. O que mais chamou sua atenção foram as tatuagens nas mãos dos rapazes. Deu um zoom na fotografia, e a imagem foi se formando devagar. Duas cobras entrelaçadas. Onde ele tinha visto isso antes?

O café da manhã e a tinta de cabelo pedida chegaram, e Ruppel permaneceu alerta até o rapaz sair do quarto.

— Conseguiu algo? — perguntou Victoria quando começaram a comer. — O que você descobriu?

— Húngaro foi surrado e esfaqueado antes de morrer. As duas pessoas que levaram um tiro na testa são os mesmos caras que nos atacaram ontem.

— Posso ver a notícia?

— Claro — disse ele, passando-lhe o computador. Victoria leu toda a reportagem e se sentiu aliviada.

Ninguém atirara no comandante Húngaro. Ruppel não atirara nele. Ela sorriu aliviada e entregou-lhe o notebook, enquanto beijava sua bochecha sem pensar.

— O que foi isso? — assustou-se Ruppel, franzindo a testa.

Quando Victoria percebeu o que fizera, sentou-se e se encolheu na cadeira. Seu rosto ardia.

— Victoria, você quer conversar?

— Não... Desculpe.

Ruppel chegou mais perto e puxou a cadeira até que seus joelhos praticamente se tocassem. Frente a frente, ela se sentiu pouco à vontade e seu rosto enrubesceu. Abaixou o olhar, seu coração acelerava. O que estava acontecendo com ela?

Ruppel deu-se conta de que ela era a única pessoa em quem confiava.

Suas mãos estavam geladas, como da primeira vez em que a cumprimentou no hotel.

Victoria puxou as mãos e se levantou.

— Você não tem que ligar para o diretor do CIM?

Ruppel percebeu que passara dos limites. Victoria tinha razão, chegara a hora de ligar para o almirante Maiochi. Oito horas da manhã no Brasil.

Victoria entrou no banheiro levando sua tinta de cabelo.

CAPÍTULO DEZENOVE

Ele olhou o relógio e viu que tinha tempo de sobra para preparar o local do encontro. Apesar da barba crescida, sentiu o rosto congelar com a rajada de vento. O Hyde Park estava gélido, por isso subiu o cachecol xadrez escocês até quase cobrir seu nariz. Algumas pessoas arriscavam um passeio naquele tempo frio. Na maioria, turistas que tiravam fotos de tudo, das árvores secas, dos bancos e da paisagem. Ouviu os pequenos gritos da moça que corria atrás de um esquilo com a máquina fotográfica.

Aquela parte do parque era o meio do caminho para as demais atrações. Seguindo à direita, estava um enorme parque de diversões montado especialmente para o inverno. Em frente, o lago Serpentine tomado por cisnes e o restaurante de mesmo nome.

O banco, onde combinara o encontro com o comandante Ruppel, encontrava-se a quatrocentos metros do portão, perto da estação de metrô Hyde Park Corner. Longe da agitação da rua, do parque de diversões e do restaurante.

Sentou-se e observou à sua volta. Não era o lugar ideal para aquele tipo de transação, mas era o que podia organizar no momento. Fora uma surpresa receber a ligação do comandante Ruppel tão cedo, então tivera que mudar os planos.

Sem os dois rapazes para dar-lhe cobertura, estava sem proteção, e com o comandante Ruppel ele não podia brincar. Era melhor que estivessem em público.

Grudou uma pequena caixa metálica embaixo do banco. Assim que apertasse o botão vermelho, o artefato interromperia a frequência de qualquer aparelho eletrônico, mesmo de um celular, e nada poderia ser ouvido nem gravado.

Seu telefone vibrou no bolso da calça. A equipe de Paris. Henry já chegara a Londres. *Aguarde instruções*, digitou. Não havia mais tempo agora. Aguardaria sozinho o comandante Ruppel. Na verdade, não tão sozinho assim, pensou enquanto colocava a mão na arma que estava no coldre.

Apertou o botão vermelho, levantou-se e caminhou para o outro lado do parque.

A polícia chegaria logo, tinha pouco tempo para limpar tudo. Desta vez, ele mesmo faria o serviço, já abusara demais de Beatrice. Madison colocou a luva de couro e abriu a porta da sala de Húngaro devagar. Com um lenço, limpou a maçaneta.

Embora as impressões digitais de Beatrice pudessem ser explicadas convincentemente, não arriscaria. O principal era tirar a escuta telefônica e não deixar quaisquer vestígios que a polícia pudesse associar a ele. Abriu o aparelho e retirou o cartão com cuidado, limpando toda a superfície. Madison ainda verificou se as gavetas estavam trancadas, enquanto passava o pano nos puxadores e na mesa.

Deu uma última olhada na sala e observou o porta-retratos; sabia que Beatrice mexeria na foto de Húngaro. Esfregou o pano em todo o retrato, saiu e trancou a porta.

A notícia da morte de Húngaro o pegara de surpresa. Fora acordado às seis da manhã com o telefonema da polícia. Eles encontraram um cartão com o nome de Madison na carteira de

Húngaro, afinal ele era seu chefe. A TV e os jornais noticiaram o homicídio quase imediatamente.

Madison preparou uma dose de uísque e tomou de um gole só. Não havia gravação na escuta de Húngaro. Tudo ocorrera muito rápido. Há poucas horas, ele mesmo destruía todas as evidências, e agora estava novamente no escritório, esperando a polícia chegar.

A sala, a empresa e tudo o que se referisse a Húngaro seriam investigados. Madison fizera questão de abrir pessoalmente a empresa para os policiais, a fim de acompanhar tudo de perto. O que eles mais temiam acontecera: a polícia britânica começaria a remexer em tudo.

Madison alisou o bigode e suspirou. Quando aventou a hipótese de Húngaro não estar do lado deles, não imaginou que lhe dera uma sentença de morte. A ideia era sugerir uma simples pressão, algo que fizesse Húngaro entregar o jogo. Não tinha provas de que ele os estava traindo, apenas um comportamento estranho, um olhar mais assustado, umas respostas reticentes nos últimos dias.

Olhou o relógio na parede, a polícia não tardaria a chegar. Precisava falar com mais alguém. O celular tocou, mas não reconheceu o número na tela.

— Sou eu.

— Não sei se é prudente nos falarmos... — balbuciou Madison.

— Assim que terminarmos, livre-se do celular. Estou com outro número agora.

— O que está acontecendo? Onde você está?

— Ele não era confiável. Meu pessoal fez o que foi preciso. Onde *você* está?

— Na empresa. A polícia chegará aqui em quinze minutos. Isso já foi longe demais. Você tem que acabar com isso agora. Já sabem o que está acontecendo? No Brasil?

— Estou tratando disso.

— Ele não vai gostar de saber. Então, limpe essa sujeira logo. Que grupo de amadores foi esse que você contratou?

A luz no telefone da mesa de Madison começou a piscar.

— Cuidado com o que vai dizer à polícia. Não nos conhecemos.

Madison apertou o botão verde e ouviu a voz do segurança avisando que a polícia chegara. Apertou com mais força o telefone e disse com uma voz de atendente de aeroporto que subissem com eles.

A Shelter era dividida em dois andares, mas tanto o escritório de Madison quanto o de Húngaro ficavam no quinto andar. Ele imediatamente se arrependeu de não ter chamado Beatrice para ajudá-lo. A polícia certamente iria ao outro andar, e não haveria ninguém de confiança para acompanhá-los enquanto estava ali. Apenas o pessoal da segurança.

Pegou o cartão de seu celular, a escuta que estava na sala de Húngaro e jogou-os no vaso sanitário de seu toalete privativo.

Madison viu seu reflexo no espelho e deu um sorriso. Penteou o bigode e apertou um pouco mais a gravata vermelha listrada. Estava pronto para receber a polícia inglesa.

CAPÍTULO VINTE

A conversa de Ruppel com o diretor do CIM não demorou, mas foi como se um terremoto inclinasse o eixo do mundo.

O almirante Maiochi disse que não havia operação referente a um submarino híbrido na Inglaterra.

Contou que mandara abrir uma investigação a respeito. Afinal, um oficial fora enviado para a Inglaterra em razão dessa ficção, que resultara no assassinato de outro oficial da reserva.

O diretor, no entanto, não tinha respostas para Ruppel, pois várias pessoas estavam interessadas no tal cartão de memória. Aconselhou-o a não o entregar a ninguém. Ruppel contou sobre as ameaças do homem de sotaque português e do encontro no Hyde Park.

— Almirante, sei que o senhor não tem muito o que me dizer agora, mas não posso ficar aqui de mãos atadas, vendo minha família ser ameaçada. Minha esposa e meu filho estão no Brasil e não tenho como protegê-los daqui. Eles precisam da proteção da Marinha.

— Entendo perfeitamente, Ruppel. Mandarei alguém para a sua casa agora.

— Eles estão na casa da minha sogra, em Copacabana. Minha esposa está aterrorizada e não atende mais ao telefone. O homem tem ligado para minha casa e para o celular dela.

Por fim, o almirante prometeu entrar em contato tão logo soubesse de alguma novidade.

Apesar de sua preocupação com Ricardo e Carla, Ruppel ainda tinha a frase do almirante Maiochi ecoando na cabeça: não havia operação referente ao submarino híbrido. Então, por que diabos o comandante Húngaro o mandou para Londres? E o projeto Pré--Sal 2025? E toda a explicação de Victoria sobre o tal projeto no primeiro almoço deles? Ou seria possível que o diretor do CIM desconhecesse a operação? E por que ele?

Ruppel desligou e colocou o telefone em cima da mesa devagar. Não sabia o motivo, mas achou que seria melhor não contar a Victoria o que o almirante Maiochi dissera sobre o fato de a missão em que trabalhavam não existir. Em vez disso, disse-lhe que seriam informados de quaisquer mudanças.

Viu a decepção no rosto dela. Assim como ele, Victoria esperava algo mais. A ligação do almirante Maiochi o fez voltar ao ponto de partida. Não podia confiar em ninguém.

No momento não havia muita coisa a ser feita. Ele encontraria o tal sujeito no Hyde Park, sem o cartão. Qualquer informação que pudesse obter seria bem-vinda. Além disso, precisava ganhar tempo para que o almirante Maiochi protegesse Carla e Ricardo.

O telefone de Carla estava novamente desligado.

A arma de Ruppel voltou para o lugar original: a cintura, na parte de trás do jeans. Virou-se para Victoria e franziu o cenho.

— O que foi? — perguntou ela.

— Você parece diferente.

— Sério? Poderia ser esse loiro-avermelhado no meu cabelo e essa maquiagem pesada? — perguntou ela. — Desculpe, mas, apesar de a tinta dizer loira *em dez minutos*, não tive tempo de pintar direito o cabelo e me tornar sua loira fatal.

— Tire seu casaco e gorro. Se você sair com as mesmas roupas, a cor do seu cabelo não vai fazer diferença.

Victoria tirou as peças de roupa.

— Espero que essa suéter me proteja do frio. Você sabe quantos graus está fazendo lá fora? — perguntou ela, fazendo bico.

— É só um quarteirão até a loja de roupas — disse ele, esfregando os braços de Victoria na tentativa de esquentá-la. — Vá primeiro. Encontro você lá, no andar feminino.

Quando Victoria estava comprando outras roupas, a ideia de acontecer algo a Ruppel a fez sentir uma contração no estômago. A proteção dele a ajudara nos últimos dias.

A ordem da voz a deixara chocada. Era difícil imaginar que ela poderia ser apenas um joguete nas mãos do comandante Alfaro e da voz.

Ruppel chegou à loja H&M em quinze minutos e não a viu imediatamente. A loja parecia um circo. Várias mulheres experimentando casacos e blusas fora dos provadores. Muitas bolsas nas mãos e por todos os lugares. Liquidação de Natal, Victoria explicou quando ele reclamou.

Ruppel pediu que ela escolhesse um par de casacos e gorros em cores diferentes, pois provavelmente precisaria se trocar mais uma vez.

— O mais barato — disse ele. — Não temos muito dinheiro.

Ela pagou o casaco novo, o gorro de lã e o cachecol da mesma cor azul e outro conjunto marrom.

— A senhora precisa de bolsa?

— Sim, obrigada. Mas eu gostaria de vestir esse agora — disse ela, tirando a etiqueta.

Ruppel pediu a Victoria que o esperasse no café, na National Gallery, bem longe dali. Deveriam sair separados. Ele se virou para ela, que o encarava de olhos arregalados, sem ter a menor ideia do que estava acontecendo.

O homem podia ter observadores no parque. Se tudo desse errado, pelo menos ela poderia pedir ajuda. Se Ruppel não voltasse em uma hora, deveria ligar para o almirante Maiochi, que saberia como agir. Ruppel deixou a pasta com ela.

Antes de sair da loja, observou Victoria olhando à sua volta, reparando em tudo e todos. Com algum treinamento, ela seria uma boa espiã.

Um pouco de dinheiro no caixa eletrônico, e em minutos encontraria seu perseguidor. Logo depois, teve a sensação de estar sendo seguido. A rua estava quase vazia, e as poucas pessoas que caminhavam estavam muito distantes. Teria que ser muito ingênuo para acreditar que ninguém o observava.

As árvores secas davam uma aparência melancólica ao parque. Ruppel olhou à sua volta. Nem sinal do homem. Sentou-se e se preparou.

— Admirada em todo mundo... Pontualidade britânica — disse o homem pelas suas costas, aparecendo do nada.

O mesmo sotaque português.

Ruppel se virou e lá estava: parecia-lhe ainda mais sujo do que antes. Sua roupa amassada e a barba por fazer deixavam-no com uma expressão funesta. O homem deu a volta e sentou-se a seu lado.

— Vamos ao que interessa, então — continuou. Ele falava sem olhar para Ruppel. — Trouxeste o cartão?

— Primeiro, quero uma garantia de que minha família ficará segura. Quem me garante que não acabarei como o comandante Húngaro após entregar o cartão?

— Esse homem de que falas era um traidor do seu país — disse o português, sério.

— Um traidor? Até onde sei, traidores são condenados antes de serem executados.

Ruppel não acreditava em nenhuma palavra do que o homem dizia, mesmo após o almirante Maiochi falar sobre a inexistência da operação.

— Porque ele entregaria o cartão a pessoas erradas...

— Para a Shelter? — Ruppel interrompeu.

O homem virou-se para ele.

— Basta desta conversa.

Ruppel sabia que sua posição era delicada. Ao que parecia, tinha nas mãos a chave de todo o mistério. E ainda tinha Victoria. O almirante Maiochi protegeria Carla e Ricardo no Brasil. Mas e quanto a ela? Optou por dar sua última cartada.

— Hoje à noite. Nove horas em ponto, aqui mesmo, e você terá seu cartão.

— Não estás achando que vou cair nesse teu jogo?! Manténs tua família muito pouco protegida, comandante. Com um telefonema posso colocar um fim nisso.

— Se acontecer qualquer coisa com algum deles, você nunca mais verá esse cartão.

— Se a polícia ou qualquer outra pessoa estiver junto, não pensarei duas vezes. — Ele se levantou. — Será como quiseres, comandante. Nove horas. Terei tempo para resolver algumas coisas.

Sua imagem sumiu no parque.

Ruppel tinha pouco tempo para preparar-se também. Não queria pôr em risco a vida de Victoria, mas precisava de sua ajuda.

Victoria estava esperando na cafeteria, tentando procurar algo na internet, sem sucesso. Péssima conexão.

— O que aconteceu? — perguntou, tão logo ele se sentou ao seu lado.

Ruppel parecia diferente, também mudara as roupas.

O restaurante estava cheio e barulhento. Ruppel sentou-se mais perto dela para ser ouvido.

— Onde está o celular com o qual você liga para a voz?

Victoria abriu a bolsa, pegou o celular e o entregou a Ruppel.

— Memorize o número de contato.

— Certo.

— Ótimo, depois vamos jogá-lo fora. E seu celular particular?

— Mas é um iPhone!

— Você me contou que Alfaro tem todos os seus números.

Ela entregou-lhe fazendo barulho na mesa.

— É para nosso próprio bem — disse ele, sorrindo.

— Eu sei — retrucou ela.

Na verdade, sentia-se bem por se livrar desses itens.

— Antes de qualquer coisa, preciso saber se você está ou não do meu lado.

— Claro que estou.

— Ótimo. Então você irá para o seu hotel e ligará para a voz do telefone fixo. Diga-lhe que há um homem ameaçando minha família e que entregarei o cartão às nove horas no Hyde Park para garantir a segurança deles.

— Você fará isso?

— Depende do que ele lhe disser, Victoria. Você não me disse que é um agente do MI6 e que poderia ajudar? Ele tem a faca e o queijo nas mãos.

Victoria percebeu que ele tinha razão. Essa era a prova de que Ruppel precisava. Se a voz o ajudasse, toda essa confusão estaria terminada.

— E depois? — insistiu ela.

— Onde está minha pasta?

Ela a tirou debaixo do casaco e entregou-a a ele.

— Assim que você falar com a voz, fale comigo por este celular — pediu ele, abrindo a pasta e tirando dois celulares. Colocou o número de um no outro e entregou-lhe um deles.

— Não saia do quarto, Victoria, e não abra a porta para ninguém, em hipótese alguma. Nem para o pessoal do hotel.

Ela concordou. Se não fosse pela destreza de Ruppel, estariam ainda piores agora.

Fora do restaurante, Ruppel chamou um táxi. Quando Victoria ia entrando, ele a deteve e impediu-a. Ela se virou e, por alguns segundos, seus olhares se encontraram. Victoria sentiu o coração bater mais forte e a pele queimar ao contato dos dedos de Ruppel.

— Tome cuidado — disse ele.

Victoria sorriu.

Depois de deixá-la, Ruppel ligou para Tiago de um dos novos celulares.

— Bom dia, comandante. Estava aguardando o senhor telefonar.

— Bom dia, Tiago. Já falei com o almirante Maiochi. Ele iniciou uma investigação. Caso as coisas se compliquem, você deverá falar somente com ele, certo?

— Ele sabe que o senhor está em contato comigo? Afinal, não trabalho mais no CIM.

— Ainda não, mas isso não será um problema. — Ruppel entendia a preocupação de Tiago. — Vamos trabalhar. Preciso que você verifique em quais organizações militares o capitão de mar e guerra Inácio Alfaro e o capitão de mar e guerra Octavio Nogara serviram. Preciso das datas de embarque e desembarque. Outra coisa: caso o comandante Alfaro não tenha servido no CIM, preciso saber se ele já trabalhou para o Centro quando estava lotado em outra organização militar.

— Isso não vai ser difícil, comandante. Devo ligar para o senhor quando tiver a informação?

— Não. Mande-me um e-mail com um arquivo criptografado. — Parou. — Tiago, você se lembra do capitão de mar e guerra Gerson Húngaro? Acho que ele estava saindo do Centro de Inteligência quando você chegou lá.

— Claro que lembro. Era o chefe de departamento quando cheguei.

— Ele foi assassinado aqui em Londres ontem.

— Sinto muito ouvir isso... Ele não desembarcou para a Diretoria de Sistemas de Armas?

— Sim. Também preciso que me consiga as mesmas informações. Datas de embarques e desembarques.

— Tudo bem, comandante.

— Muito obrigado, Tiago.

Antes de entrar no táxi, Ruppel ligou para o comandante Thomas, da CNBE. Era um risco, mas não conhecia outra pessoa em Londres que pudesse ajudá-lo. Falaria o mínimo possível.

— Desculpe incomodá-lo no fim de semana, mas preciso da sua ajuda.

— Não se preocupe. Espero que não seja nada sério.

— Nada muito complicado. Preciso abrir um arquivo. É para amanhã de manhã. Está difícil falar com alguém no Brasil no domingo, ainda mais com essa diferença de fuso horário.

Thomas ficou em silêncio por alguns segundos.

— Tem um rapaz que é auxiliar local na CNBE. Mora em Camden e é quase um hacker. — Ele riu. — Só não sei se vamos achá-lo hoje. Domingo...

— Ele não vai trabalhar de graça, Thomas. Se ligar para meu hotel, quarto cinquenta e seis, em... — Checou o relógio. — em vinte minutos, acerto tudo com ele.

— Tentarei achá-lo, mas não prometo nada.

— Qual é o nome dele? — perguntou Ruppel.

— Fernandez.

Ruppel desligou e jogou o celular na lixeira.

Depois de ter trocado de táxi duas vezes, o último parou a alguns metros de distância do hotel de Ruppel. Havia pouco movimento na rua. O frio estava cortante, numa típica manhã de inverno em Londres. A rua tinha alguns vestígios de neve da noite anterior, e ele tomou cuidado para não escorregar.

Enquanto pedia a chave, observou que o hotel estava como deixara. Tudo como antes, o lobby do hotel vazio, a mesma recepcionista ruiva mal-humorada e a decoração moderna.

Ao passar pelo corredor, entrou rapidamente na sala do computador. Tudo no mesmo lugar. As poucas coisas que deixara no quarto também pareciam intactas agora. Eles não o revistariam duas vezes seguidas.

Assim que se sentou na cama, o telefone do quarto começou a tocar. *Timing* perfeito.

— Comandante Ruppel? Bom dia. Aqui é o Fernandez, ouvi dizer que o senhor precisa de alguém com conhecimento em informática.

— Isso mesmo, Fernandez. Você poderia se encontrar comigo no meu hotel em Putney? Fica bem perto da CNBE. Pagarei pelo seu tempo, claro.

— Estou perto daí. Me dê meia hora e chegarei ao hotel.

— Perfeito. — Ruppel sorriu satisfeito.

CAPÍTULO VINTE E UM

O encontro com o comandante Ruppel não saíra exatamente como planejara, mas pelo menos agora teria tempo de se organizar corretamente. O comandante era cheio de truques, não podia vacilar.

Pegou algumas moedas no bolso e as contou. Quatro libras, suficiente para uma *pint* de cerveja. No primeiro pub que avistou, pediu uma Fosters.

— Quero amendoim também — disse ao rapaz do caixa. Com o copo na mão, acomodou-se num sofá no canto do salão.

O cachecol xadrez escocês estava suado. Arrancou-o do pescoço, assim como o casaco preto, e jogou-o no sofá da frente. Não queria dividir seu espaço com ninguém. O pub estava cheio de ingleses, mas ouvia outras línguas. Apesar de não ser inglês, vivia há quase vinte anos em Londres. Falava bem o idioma, mas ainda era possível, para um ouvido apurado, reconhecer o sotaque português.

Seu celular vibrou no bolso da calça. Deu um gole na cerveja e atendeu.

— Ele queria uma garantia, chefe, mas marcou de entregar às nove da noite no parque. Está tudo limpo lá. Chegarei antes para me preparar, claro.

— Não pode haver qualquer erro agora, entendeu? A polícia está de olho depois da sujeira que você fez.

Tirou o telefone da orelha e suspirou. Malditos rapazes. Como se ele não estivesse acostumado a lidar com a polícia.

— E não tenho mais a localização deles.

— O que aconteceu?

— Não sei. Talvez ela tenha se desfeito do celular... Já era de se esperar. Tenho que ligar para outras pessoas. Se ele pediu um tempo, é porque está tramando alguma coisa. Também tenho meus trunfos. Não faça nada estúpido. Ligarei mais tarde para fecharmos os detalhes.

Pegou um punhado de amendoins e enfiou na boca, enquanto mandava uma mensagem de texto do celular. Desta vez não haveria erros. Era sua reputação que estava em jogo. Além disso, se algo mais desse errado, teria que se entender com o grupo. Tomou mais um gole da cerveja e encostou a cabeça no sofá. Os olhos das cobras na sua tatuagem pareceram mais vermelhos.

Ela estava encolhida no sofá da sala quando Hans chegou ao apartamento.

— O que houve, Emma? Você está bem?

Emma abriu os olhos violeta e fitou o irmão, que se sentou ao seu lado, afastando-lhe uma mecha de cabelo.

— Você está bem?

— Acabei de ver na internet sobre os Price.

Hans levantou-se e foi para a cozinha.

— Eu lhe avisei.

— Você já sabia?

Ela escutou a água da pia. Seu irmão não respondeu. Emma levantou-se e foi até ele, que estava de costas, bebendo um copo de água.

— Tem algo para comer? — perguntou ele.

— Você está brincando, não está? Não é possível que seja tão insensível.

— Sei que você gostava muito do Paul, mas ele era inconstante e inconsequente. Acabaria colocando todo o nosso trabalho em risco. Alguém tinha que fazer alguma coisa.

Ela balançou a cabeça.

— O que foi? — perguntou.

— Você está se tornando igual a eles.

Hans virou e se aproximou devagar.

— Somos todos iguais, Emma.

Pegou a mão da irmã violentamente e mostrou-lhe a tatuagem.

— Somos como eles — repetiu. — Você já deveria saber disso.

— Eu sei — retrucou ela, puxando a mão. — Não precisa ficar me lembrando. Para que você acha que eles nos obrigam a fazer isso?

Olhou a própria tatuagem.

— Então aja como tal! E pare de chorar pelos Price.

Hans abriu a geladeira e pegou um pacote de pão e o pote de queijo.

— Ele já ligou?

— Não.

— Então seu beijo não deu qualquer resultado. Meus métodos serão melhores. — Hans riu.

— Ele vai ligar. Dei alguns dias para ele. Ele iria a Londres e depois voltaria para o Brasil. Não é tão fácil assim.

— Você tem que aproveitar o momento, Emma. Lá no Brasil ninguém imagina o que está acontecendo aqui.

Emma olhava para o chão, o cabelo solto e despenteado caía-lhe no rosto. O corpo era magro e se escondia sob o conjunto esporte Adidas azul do irmão. Parecia mais frágil que o normal.

— Tudo bem, eles lhe deram um voto de confiança, Emma. Não os faça se arrepender. Não quero que nada de mal lhe aconteça.

Aquele era Hans novamente. Por um momento, Emma pensou que outra pessoa falasse com ela.

Saiu da cozinha, calçou as botas que estavam na porta, pegou a bolsa, o casaco e o cachecol.

— Vou sair.

Não esperou resposta. Bateu a porta e desceu correndo as escadas.

No início, não sabia para onde estava indo. A neve começou a cair e a calçada estava escorregadia. Emma colocou as luvas e o gorro de lã que estavam no bolso do casaco do irmão e andou rápido e sem rumo, pensando no que fazer.

Entrou na primeira estação de metrô que viu. O cheiro gostoso de pão do terminal abriu seu apetite. Parou numa das inúmeras confeitarias e pediu um pretzel e um chocolate quente. A bebida queimou-lhe a língua.

Sentada no metrô, mastigando o pão, pensava no que fazer. O chocolate quente lhe dera cor ao rosto, e seus olhos agora brilhavam. A estação seguinte era Westend. Emma embrulhou o resto do pretzel e guardou-o no bolso do casaco. Ao sinal da parada, desceu.

Na estação, jogou o resto da bebida na lixeira, penteou os cabelos com os dedos e passou batom nos lábios ressecados.

A rua já estava escura e a neve caía mais forte. Emma avistou o prédio branco mais adiante e correu em direção a seu destino. Sem as luvas pretas, tocou no apartamento 401 com as mãos trêmulas. Estava quase congelada.

— *Yes?*

— É Emma, não sei se você se lembra. Queria saber se está bem.

Emma não reconheceu a própria voz, rouca e ofegante. Depois de alguns segundos, a maçaneta destravou com um barulho.

Quando chegou ao corredor do quarto andar, Edgar, de pijamas e descalço, estava com a porta aberta e esperava por ela. O cabelo despenteado e a cara amassada, como se tivesse acabado de acordar.

— Desculpe, não queria atrapalhar.

Ele não respondeu. Com o semblante sério, fez um movimento para ela entrar.

Emma entrou e quase não reconheceu o apartamento em que estivera antes. Cinco ou seis livros e um notebook aberto no sofá da sala. Na mesa de centro, vários guardanapos sujos e uma caixa de pizza vazia. Latas de Coca-Cola zero por todos os lados. Um cobertor marrom estava no chão. O som de um programa de perguntas e respostas em inglês na TV era ensurdecedor.

— Sente-se. Você quer uma Coca?

Edgar puxou-a pela mão.

— Você está gelada. Prefere um chá ou café? Tenho café brasileiro aqui.

Ela sorriu. Edgar a fez sentar e colocou o cobertor marrom sobre seu colo.

— Vou fazer um chá. Victoria sempre reclama que meu café é fraco.

Apesar de toda aquela sujeira, o apartamento era confortável e funcional. Westend era um distrito residencial, apesar de muitos prédios servirem de escritórios para firmas de advocacia e companhias.

Edgar colocou uma caneca fumegante nas mãos de Emma e sentou-se ao seu lado.

— O que você está fazendo aqui?

A pergunta direta a assustou.

— Eu queria saber como você estava — disse ela, dando um gole no chá. Sua língua queimada ardeu.

Edgar encostou a cabeça no sofá e fechou os olhos. Emma colocou a caneca na mesa devagar e tirou a coberta do colo. Sua testa suava. Ao se levantar, Edgar abriu os olhos.

— Não vá embora.

— Não vou, estou com calor — disse ela, tirando o cachecol.

Edgar fechou os olhos novamente. Emma andou até o balcão da cozinha e pegou o porta-retratos com a foto de Victoria. Olhou para Edgar, que continuava com os olhos fechados.

— Ela é bonita, não é? Esta é Victoria?

— É, somos casados há dois anos.

— Mas ela não está em Frankfurt, está?

— Victoria está em Londres a trabalho. Ela trabalha na SchmidtTech, conhece? A empresa fica a dois quarteirões daqui.

Ele suspirou.

— E você, faz o quê? — perguntou ela.

— Estou terminando um mestrado. Na verdade, sou advogado no Brasil. E você? Estuda? Trabalha?

— Eu... eu trabalho com meu irmão.

Emma colocou o porta-retratos no lugar e virou-se para Edgar, que estava sentado no sofá com as pernas cruzadas.

— Que tipo de trabalho?

— Comércio.

— Comércio? De quê?

— Comércio exterior.

Ela começou a colocar o cachecol.

— Você já vai embora? Fique mais um pouco.

Edgar tinha os olhos de um cachorro abandonado.

— Tenho que ir. Só passei aqui para saber se estava tudo bem com você.

Ele se levantou e derrubou um livro no chão.

— Desculpe ter vindo sem avisar, mas fiquei preocupada.

— Estou feliz por você ter vindo. Quando Victoria chegar, não quer vir jantar? Pode trazer seu irmão. Posso te ligar?
— Adoraria.
Edgar abriu a porta e beijou-lhe as bochechas.
— Está combinado, então? Você e seu irmão — disse ele, antes de fechar a porta.
No elevador, Emma riu ao lembrar que Edgar não pedira seu telefone.

CAPÍTULO VINTE E DOIS

Sem mais demora, Ruppel ligou para Victoria com as notícias.
— Você está bem, Victoria?
— Um pouco ansiosa, mas está tudo bem. — Suspirou. — Liguei para a voz, como você pediu. Já ia te ligar.
— Quais foram as instruções?
— Passou o número do comandante Alfaro.
— Agora eles querem falar comigo? Certo, me dê o número.
Para a surpresa de Ruppel, o número era de Londres. Se ligasse pelo telefone fixo, o rastreamento ocorreria em três minutos. Não podia arriscar que fossem para o hotel atrás dele. Não agora que Fernandez estava a caminho. Usou o celular pré-pago.
— Quem está falando? — perguntou Ruppel.
— Ruppel? É você? Aqui é o comandante Alfaro. Finalmente!
— Tenho tentado falar com o senhor desde o início desta missão.
— Sei disso, mas essa era uma operação sigilosa e tivemos que redobrar os cuidados.
— Todas as missões são sigilosas, comandante.
Ruppel não tinha tempo para esse tipo de conversa.
— Vamos ao ponto, então. Precisávamos ter certeza de que você era confiável.

— Para quê?

— Húngaro traiu nosso país, Ruppel. — Já ouvira aquela frase hoje. — Sua associação com ele era muito próxima, precisávamos ter certeza de que você não estava com ele nessa jogada.

— De que modo ele traiu o país?

— Bom, Húngaro estava trabalhando para Madison na Shelter, como você já sabia. Ele tinha nas mãos a metade do projeto Pré-Sal 2025. Estava prestes a entregar a segunda parte, que está com você. E, felizmente, você confiou em seus instintos e não entregou nada a ele.

— E quem estava vazando o projeto para o comandante Húngaro?

— O escritório da França. Conseguimos prender todos os envolvidos. Contamos com a ajuda do MI6 também. — Deu uma pausa. — Para encerrarmos tudo, só precisamos do cartão agora. Está com você, não está?

Ruppel percebia ansiedade na voz do comandante Alfaro.

— Precisamos dessa última peça com urgência, Ruppel. Brasília está ávida por essas informações.

— E quanto a Victoria? O que ela fazia nesta missão?

— Realmente foi um erro envolvê-la. — Suspirou. — Imaginávamos que ela pudesse nos ajudar com alguns contatos, mas, no fim, uma civil na operação foi uma preocupação a mais.

— E por que o almirante Maiochi não está ciente desta missão?

O comandante Alfaro manteve-se em silêncio.

— Alô?

— O almirante Maiochi está vindo para Londres. Ele não podia falar nada com você, principalmente ao telefone. Como disse antes, não sabíamos se você era confiável.

— Mas o senhor está me contando todos os detalhes da operação por telefone.

Silêncio novamente.

— Quando o almirante chega? — perguntou Ruppel

— Hoje à noite — respondeu o comandante Alfaro. — Aliás, ele quer pegar o cartão de memória com você pessoalmente.

— Só entregarei o cartão a ele depois de saber se minha família está segura.

— Estamos providenciando isso. Esse homem quer encontrá-lo às nove horas da noite no Hyde Park, não é? Podemos montar uma operação e encontrá-lo lá. Desse modo, você poderá entregar o cartão diretamente ao almirante Maiochi.

— Ele chegará a tempo, considerando que falei com ele hoje pela manhã?

— Ele falou com você do avião, poucos minutos antes de levantar voo. Devemos buscá-lo às sete horas e iremos para o Hyde Park.

Ruppel ligou para Carla. Desta vez, ela atendeu no primeiro toque.

— Vocês estão bem, querida?

— Estamos.

A voz dela era apenas um sussurro.

— Onde você está agora?

— Não sei, parece um quartel. Há fuzileiros navais por todo lado. Você não me avisou que teríamos que vir para cá. — Era uma acusação. — Morri de medo quando foram nos buscar.

— É por isso que estou ligando — disse ele. — Tem algum militar perto de você? Quero falar com alguém.

— Não, estou no meu *novo* quarto.

— A que horas você chegou?

— Não sei, talvez há meia hora.

— E Ricardo, está bem?

— Ele sente sua falta, Rodolfo. Quando isso tudo vai terminar? Quando poderemos ir para casa?

— Está acabando, Carla. — Ruppel olhou para o teto e respirou fundo. Precisava fazer tudo certo. — Não deixe de atender ao telefone. Estou com outro número agora.

— Me dê o número, então.

— Não posso, querida.

— Não posso ligar para você?

— Não.

Assim que Ruppel se desfez dos cartões dos celulares, foi em direção à sala do computador. Ao sair de lá, Fernandez o esperava no lobby.

Ruppel o levou até o quarto. Fernandez sentou-se à mesa e ligou o computador.

— Pelo que entendi, o senhor precisa abrir um arquivo e não sabe a senha.

Ruppel concordou com a cabeça.

— Não é um simples arquivo, Fernandez. Ele está criptografado.

Fernandez coçou a cabeça e virou-se para ele.

— O senhor pode me dar o arquivo?

Um objeto tão pequeno e capaz de fazer todo aquele estrago... Ruppel entregou o cartão para Fernandez, que o plugou no computador. Após alguns segundos, o programa abriu e ele começou a teclar rapidamente. Várias janelas se abriam à medida que ele digitava. Ruppel, de pé, atrás da cadeira de Fernandez, não tirava os olhos do computador.

— Isso pode demorar um pouco, comandante — disse Fernandez, sem parar de digitar. — O arquivo está criptografado com uma combinação de chave pública e chave simétrica.

Apesar do barulho incessante das teclas do notebook e dos sons inaudíveis que Fernandez murmurava, Ruppel refletia como um cartão de tão pouca memória armazenava um projeto do porte do Pré-Sal 2025. As desconfianças dele cresciam cada vez mais. O que havia no arquivo?

A primeira gota de suor desceu pela testa de Fernandez. Seus dedos pareciam ter vida própria. Na tela do computador, uma mistura de letras e números verdes.

Ruppel esfregou os olhos ardidos. Quando a tela tornou-se completamente preta, Fernandez parou de teclar.

— Está tudo bem?

— Melhor não poderia estar — disse ele, resumindo seu trabalho.

Era inútil pressionar Fernandez, que continuou a digitar freneticamente. O melhor era lhe dar espaço.

Fernandez estudou muito, foi para a faculdade no Brasil e recebeu uma bolsa para fazer um mestrado na Alemanha. Seu comportamento hiperativo sempre o fizera o primeiro da classe.

Com seu passaporte europeu, fruto da ascendência espanhola, decidiu tentar a sorte na Alemanha. Lá, ele entrou e saiu de várias empresas, sem parar em nenhuma.

Em Frankfurt, conheceu Nicole, sua esposa, uma princesa germânica com cabelos cor de mel e olhos azuis. Trabalharam um ano juntos na SchmidtTech.

Depois de alguns anos casados, Fernandez precisava de um emprego mais estável e rumou para a Inglaterra, onde um amigo o incentivou a prestar concurso para a Comissão Naval Brasileira na Europa. Como sempre, passou em primeiro lugar, e trabalhava havia cinco anos como auxiliar local na CNBE, no setor de informática.

Nicole estava grávida do segundo filho, e o que mais queria era voltar para a Alemanha, onde vivia a família. Sentia muita falta de sua grande amiga, Emma.

O arquivo abriu. Na tela do computador, o tão esperado documento.

— Aqui está, comandante — disse Fernandez, com voz grave.

Estava orgulhoso de seu trabalho. Não fora fácil, mas vencera mais uma vez. Tirou um lenço branco do bolso e enxugou a testa.

— O arquivo está descriptografado — continuou Fernandez.
— Farei uma cópia e o senhor poderá abri-lo quando quiser.

— Quero vê-lo agora.

Fernandez levantou-se e arrastou a cadeira para Ruppel sentar. Ele leu rapidamente, com os olhos hipnotizados pela tela.

* * *

Sozinha, no quarto, Victoria aproveitou para colocar as coisas em ordem. Roupas dobradas, artigos de higiene guardados na mala dentro de sacos.

Edgar deixara diversos recados na recepção. A conversa não ia ser nada agradável.

E ele tinha razão. Com aqueles acontecimentos, ela não se lembrou de ligar para ele.

— Estou bem. Estou no hotel agora. Como você está?

— Preocupado! — Victoria ouviu um alívio na voz dele. — Como você sumiu assim? Sou seu marido ainda, você se lembra?

Não, ela esquecera. Nas últimas horas, a única coisa em que não pensara fora no marido.

— Por favor, Edgar, meu trabalho está muito estressante aqui.

— Pegarei o primeiro avião para aí. Não posso ficar vivendo a distância e sem notícias suas.

— Não faça isso — pediu Victoria. — Você só vai complicar as coisas para mim. Não percebe que, quanto mais distrações eu tiver, mais tempo levarei para terminar meu trabalho? Além disso, não poderei lhe dar atenção — insistiu.

— Pelo menos verei você

Sua voz estava mais calma agora.

— Desculpe, Edgar. Mas, por favor, não venha para Londres. Estarei em casa logo, logo. Só preciso saber se você está bem.

Nenhuma resposta.

Ela suspirou.

— Assim que voltar, pedirei uns dias de férias e faremos uma viagem, que tal?

Edgar resmungou.

— Vamos, Edgar, não fique assim. Já está quase acabando.

— Você tem dois dias, ou me encontrarei com você em Londres. — Desligou o telefone.

E como ele vai me achar?, ela pensou.

Deitou-se na cama. Suas costas estavam doloridas, não dormira bem à noite. Passando pelos canais da TV, Victoria procurou alguma notícia dos assassinatos. Nenhuma indicação de um estranho casal fugindo da cena do crime.

Ligou seu notebook. Aquele era um bom momento para vasculhar na internet e procurar informações sobre os irmãos Peter e Paul Price.

Vinte e vinte e dois anos, respectivamente. Caras de anjo com olhos azuis num álbum de colégio. Estudaram em Bromley, e Paul Price, o mais novo, fora jogador de basquete amador. Os dois envolveram-se em pequenos delitos: arruaças, furtos em supermercados e vandalismo. Era só isso.

Capitão de mar e guerra Gerson Húngaro. Victoria estava quase insensível quanto ao homicídio do ex-chefe de Ruppel. Já se acostumara com as notícias das facadas e das feridas.

Tirando a notícia do assassinato, a mais recente referia-se a uma cerimônia que comemorou o aniversário da Batalha Naval de Riachuelo na Escola Naval no Rio de Janeiro.

A notícia explicava que a Batalha fora decisiva para a vitória da Tríplice Aliança contra o Paraguai e que era considerada o maior conflito militar da América do Sul.

O dia 11 de junho de 1865, o dia da vitória brasileira sobre o Paraguai, era considerado a data magna da Marinha do Brasil, e todos os anos militares eram condecorados com a medalha Ordem do Mérito Naval, numa cerimônia, por se destacarem no exercício da profissão. Personalidades civis, sem vínculo funcional com a Marinha, também eram agraciadas com a medalha Amigo da Marinha. Essa medalha era destinada não só a civis, mas também a militares de outras Forças e a instituições que se distinguiam em divulgar a mentalidade marítima ou no relacionamento com a Marinha.

Ali estava o comandante Húngaro com os braços em volta do deputado federal Lourival Castanheira, agraciado com uma das medalhas. Ao lado deles, no fundo da foto, apesar da definição ruim, Victoria podia jurar que era Madison.

Salvou tudo no seu computador.

Procurando por mais dados nos sites da Justiça brasileira, encontrou duas ações judiciais relacionadas ao comandante Húngaro. Uma batida de carro há dois anos e outra sobre um aluguel de um apartamento de sua propriedade, há um ano. Nada de interessante.

O nome dele figurava em inúmeros atos administrativos de licitações da Marinha do Brasil, para a contratação de serviços ou aquisição de produtos. Estava tudo lá, no Diário Oficial da União, o jornal que dava publicidade aos atos do governo.

Essas compras e serviços ocorreram nas diversas organizações militares pelas quais ele passara. Seis, sete, oito anos atrás. Victoria abriu-os um por um e os salvou.

Já estava satisfeita quando um dos últimos documentos chamou-lhe a atenção. Seis anos atrás, uma dispensa de licitação de uma compra por uma quantia bem expressiva. Porém, o mais importante não era o valor, mas os nomes que constavam como membros de uma comissão de licitação.

O som do telefone a assustou. Ela olhou para o relógio. O tempo passara rápido.

— Boa tarde, senhora. Sua encomenda chegou.

Victoria franziu o cenho e apertou mais forte o telefone. Encomenda? Que encomenda?

— Acho que você ligou para o quarto errado.

— A encomenda é para a senhora Borges — falou a recepcionista.

— Por favor, poderia recebê-la? Assim que possível, desço para buscar.

Victoria ouviu-a falar com alguém.

— O entregador disse que a senhora tem que descer para assinar o documento ou ele pode subir, se desejar.

Victoria tentou ganhar tempo.

— Descerei num minuto.

Desligou o notebook, colocou-o na bolsa e telefonou para Ruppel. A espera era angustiante. O tamborilar de seus dedos na mesa de vidro ecoava pelo quarto em silêncio. Ele não atendia ao telefone nem caía na caixa-postal.

Sem pensar duas vezes, pegou a bolsa de mão e abriu a porta do quarto.

CAPÍTULO VINTE E TRÊS

O corredor do sexto andar estava vazio. Victoria andou devagar e silenciosamente. De longe, viu o visor do elevador ganhar vida: terceiro andar, quarto andar.

Victoria voou em direção à escada de emergência. A porta pesada rangeu ao abrir.

Descansou as costas contra a porta. A campainha do elevador soou. Victoria prendeu a respiração e ouviu o barulho do próprio coração disparado.

Ao descer a maçaneta e, delicadamente, empurrar a porta da escada, viu parte do corredor.

Pense, Victoria, pense!

Um som contínuo e abafado veio em sua direção. Encostou o ouvido na fresta tentando identificá-lo. Uma cadeira de rodas, uma mala de rodinhas, um carro de limpeza? Não tinha dúvida de que algo rolava no piso acarpetado.

O objeto passou pela escada e continuou. Uma gota de suor desceu pelas suas costas. Num impulso, empurrou a porta levemente para que não rangesse. Com ângulo para ver o outro lado do corredor, avistou a camareira e seu carro de limpeza.

Não tinha mais do que um metro e sessenta. Os cabelos castanhos estavam presos num coque por uma rede e um laço preto.

Era magra e jovem, vestida num uniforme azul com um avental branco. Seus sapatos pretos pareciam flutuar no carpete. A camareira parou na frente do quarto de Victoria, olhou para os lados e ajeitou nervosamente o coque desarrumado, tirando do bolso do avental um cartão.

Victoria a viu entrar no quarto com o carro de limpeza. Seu medo transformou-se em raiva, e ela se encostou à porta da escada.

No display do celular, nenhum sinal. Portas de ferro. Estava presa no próprio esconderijo. Desceu as escadas em direção ao quinto andar. Na tela do telefone, as letras SOS em vermelho foram substituídas pelo último vestígio de sinal. Por que desistira do iPhone?

No meio do corredor, desligou e ligou o celular. Levantou os braços à procura da conexão. Onde você está, Rodolfo? Digitou uma mensagem.

Descer ou subir? Não conseguia decidir.

Um homem de meia-idade, alto e careca, de cachecol preto e casaco azul, abriu a porta do quarto cinquenta e dois e andou em direção aos elevadores. Seus olhos verdes procuraram os dela. Victoria o cumprimentou com a cabeça, e ele retribuiu o gesto. Parecia familiar.

Parada no corredor, viu a porta do elevador se abrir. O homem entrou e a fitou. Victoria balançou negativamente a cabeça, não podia arriscar-se a entrar no elevador.

Ainda viu o olhar do homem enquanto a porta do elevador se fechava. Imediatamente, correu para a escada e subiu até o sexto andar.

Ela era apenas uma moça, uma camareira.

Agora, com passadas firmes, andou até o quarto. A mão estava trêmula ao enfiar o cartão magnético na fechadura da porta. Quando a luz verde piscou, Victoria abriu violentamente a porta.

— Algum problema, comandante?
— Você tem outro cartão de memória? Quero fazer uma cópia.

O arquivo era pequeno. Três páginas. Consistia numa tabela com nomes, empresas, contas correntes, bancos, números e grandes quantias. Não era nada parecido com um projeto para a construção de um submarino.

Após ter salvado o arquivo no próprio computador, Ruppel fez mais uma cópia, criptografou-a na chave privada de Tiago e encaminhou-a por e-mail. Mostre ao almirante Maiochi, digitou.

— Não preciso nem dizer que este assunto é sigiloso — disse a Fernandez.

— Parte do meu serviço, não se preocupe.

Ruppel entregou-lhe a quantia que acertaram e trocaram apertos de mão. Assim que Fernandez saiu, ele olhou o celular.

Havia uma mensagem de texto de Victoria.

Encontre-me na mesma cafeteria assim que puder.

Antes de desligar o computador, verificou se Tiago lhe enviara algum documento. Quanto mais informações tivesse, mais rápido resolveria aquele mistério.

Tiago deu um suspiro de alívio quando terminou o trabalho. Utilizara todos os recursos para conseguir os dados que Ruppel lhe pedira e estava quase satisfeito.

A mão suave de Marta pousou em seu ombro.

— Está tudo bem, querido?

Tiago contemplou-a longamente. Seu corpo ainda estava magro após quase três anos de tratamento no Rio de Janeiro. As sessões de quimioterapia e radioterapia sacrificaram a esposa, mas ela demonstrara uma força surpreendente e ele estava feliz por tudo ter acabado. E bem.

Seus cabelos negros, outrora longos, estavam curtos como os de um menino, mas continuava linda. Os olhos castanhos brilhavam como havia muito ele não notava.

Quando soube que teria que voltar para Brasília, ficou preocupado com Marta. Ela ainda estava fraca, e ele não queria afastá-la da mãe e das irmãs, que os ajudaram tanto na luta contra a doença. Contudo, Marta convenceu-o de que estaria tudo bem. Era hora de virar aquela página, disse, ele precisava cuidar da carreira.

Ele e Marta se conheciam desde pequenos. Aos doze anos, a família dele mudara-se para o prédio dela. Foi amor à primeira vista. Quando aquela menina de onze anos, de vestido amarelo, sorriu para ele, Tiago soube que não poderia mais viver sem ela. Marta fora sua primeira e única namorada. Era sua companheira, sua amiga e sua mulher. Era sua vida. Quando completou vinte e seis anos, ela e Tiago souberam da doença, e, se não fosse a intervenção do comandante Ruppel, sua vida teria sido um inferno.

Tiago sabia que as atitudes do comandante eram criticadas por muitos colegas. Alguns diziam que não fazia parte do trabalho de um militar atuar como assistente social. O que não percebiam era que Ruppel era um verdadeiro líder, um chefe que obtinha a lealdade dos homens que comandava.

— O comandante Ruppel me pediu umas coisas.

— No fim de semana? Deve ser realmente muito sério. — Ela beijou-lhe a bochecha. — Se precisar de mim, adorarei ajudar.

Tiago sorriu. Era uma pena não poder comentar nada com ela, gostaria de tê-la em sua companhia.

Na tela, achou outro arquivo em sua caixa de entrada com o pedido de Ruppel de encaminhá-lo ao almirante Maiochi. Só isso já indicava o sigilo do documento.

Depois de uma breve leitura, Tiago teve uma vaga ideia do que se tratava. O CIM teria muito trabalho pela frente, refletiu. Encaminhou as informações e ligou para o diretor do Centro de Inteligência da Marinha.

* * *

O grupo, que trabalhava havia quase um ano naquela missão, estava reunido desde a noite anterior no Centro de Inteligência, depois que o almirante Maiochi o convocara pessoalmente.

A sala estava uma desordem. Pessoas que digitavam sem parar, falavam ao telefone, entravam e saíam da sala ou tentavam cochilar e recuperar um pouco da noite não dormida. Copos vazios de café e metades de sanduíches misturavam-se com papéis sobre a mesa.

O capitão de mar e guerra Marcílio Pivatto, o líder da equipe, estava acordado havia mais de vinte e oito horas. Seus olhos ardiam. Depois que o diretor do CIM lhe passara as boas-novas, a equipe trabalhou sem descanso.

Há dois anos, logo após o comandante Pivatto ter comandado o *Navio-Escola Brasil*, o terceiro navio de sua carreira, fora convidado a servir no CIM como vice-diretor. Sua fama de linha-dura e seus trinta e cinco anos de impecável serviço contribuíram para o convite. Era duro e, por vezes, rude, mas ninguém podia acusá-lo de injusto.

A esposa, Sarah, tentou dissuadi-lo de aceitar o trabalho. Pivatto passara seis meses no mar, e ela sabia que no Centro de Inteligência também não seria nada fácil.

A vida na caserna era difícil, principalmente para a família. Seus dois filhos, um com dezenove e o outro com vinte e um anos, estavam na universidade agora, mas tiveram muitas dificuldades no colégio devido ao excesso de mudanças.

Ele sabia que, embora tivesse sido uma escolha própria, algumas vezes Sarah arrependia-se de ter deixado a carreira para segui-lo. Conheceram-se assim que ela se formou em direito. Num ano, casaram-se, e, no seguinte, ela estava grávida. Pivatto, embarcado num navio, perdeu o nascimento do primeiro filho.

Até o terceiro ano de casamento, a esposa administrou sozinha a família e o emprego. Quando veio a primeira mudança de endereço, Sarah, com um bebê de um ano e grávida do segundo filho, largou o escritório de advocacia e acompanhou o marido.

Depois disso, a carreira da brilhante advogada era coisa do passado.

A missão em que ele trabalhava agora era a mais desafiadora de sua carreira no CIM. Não só pelo vulto das informações, mas pelas pessoas envolvidas.

— Comandante Pivatto, o almirante está na linha.

Ele balançou a cabeça. A luz vermelha de seu telefone piscava insistentemente.

Os dois criaram um vínculo tão logo o diretor chegou ao CIM, há três meses. O almirante Maiochi era dinâmico e perspicaz, e, em pouco tempo, estava a par de todas as missões. Com sua memória extraordinária, era capaz de lembrar-se de nomes e datas dos longos relatórios.

A tripulação do CIM os considerava deuses. Trabalhavam em perfeita sintonia, o que facilitava sobremaneira o serviço. Quando aqueles dois homens vigorosos, de cabelos grisalhos, andavam pelos corredores da organização, era possível notar os olhares de admiração dos subordinados.

— Pois não, almirante. Comandante Pivatto falando.

— O tenente Tiago Baumer me telefonou. Eu disse que em dez minutos alguém ligaria para ele. Ruppel mandou informações para nós por intermédio dele. Se o tenente estiver limpo, convoque-o imediatamente. Já falei com o comandante da Marinha.

— Sim, senhor.

Pivatto colocou o telefone no gancho. Coçou a sobrancelha e sorriu. Enfim, parecia que a missão terminaria.

Antes de encontrar Victoria no Café, Ruppel foi à National Gallery para refletir. Precisava ver *Os girassóis*, de Van Gogh.

Foi direto à sala quarenta e cinco, onde eram expostas as obras do pintor holandês e de Cézanne. No meio da parede cor de uva, as telas ganhavam vida.

Ruppel sentou-se no banco em frente à pintura e olhou em volta. Era provavelmente a sala mais cheia da galeria.

Uma moça loira explicava a um grupo de adolescentes sobre a vida artística de Van Gogh. Ele pintara sete telas de girassóis, variando a cor de fundo e a quantidade de flores na jarra. Essa era talvez a série de pintura mais reproduzida do mundo, continuou. Ruppel sorriu. Até ele tentou desenhá-los algumas vezes.

Com detalhes de uma carta enviada por Van Gogh a seu irmão Theo, a guia, com um forte sotaque alemão, descreveu que o artista holandês queria surpreender Paul Gauguin, o pintor francês impressionista, seu amigo e mentor. Van Gogh pintara a primeira versão de *Os girassóis* para decorar um quarto de Gauguin.

Após algumas perguntas, ela continuou explicando que, no passado, fora sugerido que um dos quadros da série de *Os girassóis* seria mesmo um trabalho de Paul Gauguin ou de Émile Schuffenecker, outro pintor francês pós-impressionista e um dos primeiros colecionadores dos trabalhos de Van Gogh. Os especialistas concluíram que todas as pinturas da série eram genuínas, pintadas exclusivamente pelo holandês.

Já Émile Schuffenecker fora negligenciado no mundo artístico, continuou a loira, especialmente após ser suspeito de imitar os trabalhos de outros pintores em 1920, entre eles os do próprio Van Gogh.

Quando ela disse que Émile Schuffenecker e Paul Gauguin eram amigos, Ruppel perguntou-se qual era o mistério dessa amizade. Van Gogh, Paul Gauguin, Émile Schuffenecker...

De repente, levantou-se.

Victoria contemplou o cappuccino intocado. O desenho, outrora marcado na espuma do leite, já se desfizera. Há quinze minutos no National Café e nem sombra de Ruppel.

O cheiro delicioso de pão do restaurante não lhe abria o apetite. A cada barulho, fosse dos talheres ou de xícaras, ela estremecia.

Uma música brasileira soava ao fundo. João Gilberto, talvez. Muitos restaurantes em Londres tocavam bossa-nova. As vozes no salão, alegres demais para seu estado de espírito, impediam-na de identificar a música.

Um grupo de cinco amigos na mesa do lado conversava alegremente. Os casacos e os cachecóis pendurados nas cadeiras eram a única indicação de que fazia frio do lado de fora. Uma jovem morena, vestida com uma blusa colorida, contava animadamente uma viagem para a África. O rapaz ao lado a fitava fixamente, sorrindo. Estava apaixonado, Victoria sabia os sinais. Os olhos brilhantes e o sorriso constante nos lábios. Quase podia ouvir o coração disparado.

Apreciou o rapaz de cabelos e olhos castanhos e suspirou. Seu transe foi quebrado por um formigamento no pescoço.

Ruppel a observava enquanto falava com o garçom na entrada do restaurante. Ela sentiu seu próprio coração batendo mais rápido e não teve mais dúvida.

Instintivamente, Victoria levantou-se e Ruppel a abraçou. Sabiam exatamente o que estava acontecendo. Naquele instante somente os dois existiam. O mundo lá fora não tinha mais importância.

A ânsia do abraço foi tão forte que algumas pessoas os olharam.

— Você está bem? — sussurrou ele.

— Agora estou.

CAPÍTULO VINTE E QUATRO

Victoria afastou-se um pouco dele. Seu rosto estava ligeiramente enrubescido. Passou a mão nos cabelos, ajeitou desnecessariamente a roupa e se sentou.

Tão logo Ruppel acomodou-se, a garçonete aproximou-se deles.

— Quer fazer o pedido? — perguntou Victoria a Ruppel.

— O que você está bebendo? — virou-se para ela.

— Um cappuccino, mas já deve estar frio.

— Desculpe-me por fazê-la esperar.

— Eu não quis dizer isso. — Ela sorriu e colocou a mão sobre a dele. — Acho que vou querer comer alguma coisa.

A garçonete olhava de um para o outro sem entender a língua em que falavam.

— Pode nos dar um minuto? — pediu Ruppel, em inglês.

A moça saiu, e Ruppel olhou para Victoria com a testa franzida. Tirou uma mecha de cabelo do rosto dela.

— Tenho muitas coisas para dizer — disse ela, baixando os olhos.

— Eu sei.

Ela limpou a garganta e se esticou. O transe estava quebrado agora. Depois de contar o que ocorrera no hotel, pegou o notebook.

— Antes de isso tudo acontecer, eu tinha feito uma pesquisa na internet — continuou ela.

— Você não quer ver o cardápio primeiro? Temos tempo.

Victoria apertou os lábios e respirou fundo. Tinha que controlar a ansiedade. Colocou o computador na cadeira a seu lado.

— Tudo bem. — Deu uma rápida olhada no cardápio. — Que tal um bolo? Sei que deveríamos comer melhor, mas estou muito agitada para isso.

— Está ótimo. — Ele sorriu e fez sinal para a garçonete.

— Dois bolos de cenoura e dois cappuccinos, por favor. — E prosseguiu, virando-se para Victoria. — Você quer começar?

— Vou ligar meu computador. O que aconteceu com você?

— Consegui abrir o cartão de memória.

— Jura?

Imediatamente, colocou o computador de volta na cadeira e riu nervosamente.

— E?

— Não é nada parecido com o que imaginávamos. Não havia nada sobre o Pré-Sal 2025, apenas uma listagem de números e nomes.

Os bolos e as bebidas chegaram. Victoria pediu que a garçonete levasse sua meia xícara de cappuccino frio.

— E?

Victoria repetiu enquanto dava um gole em seu novo café.

— O diretor do CIM me disse que não há qualquer investigação sobre o vazamento do Pré-Sal 2025.

Victoria colocou o café em cima da mesa, com o cenho franzido e o rosto perplexo.

— E o que estamos fazendo, então?

— É muito cedo para tirar conclusões. Talvez quando Tiago me mandar mais dados... O comandante Alfaro disse que o almirante Maiochi virá pessoalmente pegar o cartão no Hyde Park às nove horas.

— Na hora que você entregará o cartão ao...

— Eles vão prendê-lo. — Ruppel arqueou as sobrancelhas. — O que você tem para me mostrar? Talvez juntando nossas peças cheguemos a alguma conclusão.

— Posso ver a listagem antes?

Enquanto Victoria digitava a senha do computador e abria os arquivos que salvara, ele fazia o mesmo.

— Só mais alguns segundos... Pronto.

Ruppel virou o computador para ela.

— Acho que as peças se encaixam perfeitamente.

Victoria afastou o prato de Ruppel e colocou seu notebook à frente dele.

— Veja isto.

A mão de Ruppel esfregou o queixo, pouco à vontade. Victoria sorriu. Começava a identificar seus pequenos trejeitos.

— Preciso mandar isso para o Tiago agora.

Ele criptografou os arquivos na chave privada de seu novo ajudante e, ao enviá-los, viu o novo e-mail que recebera.

Tiago preparara uma tabela com os anos de embarque e desembarque e as respectivas organizações militares nas quais os comandantes Alfaro, Húngaro e Nogara serviram. O primeiro encontro dos três ocorrera na Escola Naval. Nogara era repetente e, embora mais velho, estudara no último ano com Húngaro e Alfaro. Depois de formados, cada um deles embarcou num navio diferente, e os três só voltaram a se encontrar treze anos mais tarde, na Diretoria de Finanças da Marinha, por dois anos, e como capitães de corveta.

Cinco anos depois, como capitão de fragata, Alfaro estava em Brasília e fora movimentado de lá para a Diretoria-Geral de Material, no Rio de Janeiro, seguido pelos comandantes Húngaro e Nogara.

Um ano depois, Húngaro foi movimentado para o CIM, lá permanecendo por apenas um ano, quando desembarcou para a Diretoria de Sistemas de Armas da Marinha. Só saiu da DSAM para fazer o curso de Política e Estratégia na Escola de Guerra Naval, e retornou um ano depois, como vice-diretor.

De acordo com a tabela de Tiago, Alfaro e Nogara jamais serviram no CIM, pelo menos, não de maneira oficial. Tiago não soube dizer se eles trabalharam ou não disfarçados para o Centro.

Foi no CIM que Ruppel conheceu Húngaro, embora tivessem servido por pouco tempo juntos. Reencontraram-se na Diretoria de Sistemas de Armas, onde Ruppel desembarcou ao terminar o curso de Estado-Maior para oficiais superiores.

Após encaminhar o e-mail para Tiago, Ruppel mostrou a Victoria a tabela.

— Isso bate com os documentos do Diário Oficial. — Ela falava quase para si mesma. — Você quer que eu procure mais alguma coisa?

— É uma boa ideia. Procure Shelter, Marinha e contratos. Tentarei outras coisas.

Ruppel colocou a mão sobre a de Victoria.

Victoria esfregou a testa fazendo uma leve pressão.

Achara notícias de um acordo milionário para treinamento de guerra submarina entre a Marinha e uma empresa. Parte de um discurso do deputado Lourival Castanheira tratava da importância do acordo. A companhia era a Shelter.

— O que você acha? — disse ela.

— Acho que estamos com um grande problema.

O comandante Pivatto mantinha a expressão fechada enquanto lia o documento à sua frente. A batida na porta o fez esfregar os olhos cansados. Um rapaz magro de cabelos castanhos entrou em seu gabinete.

— Boa tarde, senhor. Sou o tenente Tiago Baumer.

O comandante Pivatto levantou a cabeça devagar e olhou-o fixamente.

— O que tem para mim, rapaz?

— O comandante Ruppel me mandou mais um e-mail. Deixo na sua mesa, senhor?

Pivatto estendeu a mão e pegou o bolo de papéis. Tiago já estava saindo da sala quando o comandante fez sinal com a mão para ele se sentar.

— Você já leu?

— Sim, senhor.

Tiago mexeu-se desconfortavelmente na cadeira. Enquanto Pivatto lia as páginas impressas, observou melhor a sala do vice-diretor. Bem iluminada, tinha móveis escuros que davam um tom formal. De um lado, uma estante recheada de livros manuseados: de Sun Tzu, Von Clausewitz, Maquiavel, dentre outros. De outro, a mesa enorme em L repleta de documentos. Um computador e um notebook estavam ligados. Na beira da mesa, uma placa de ferro com o nome do vice-diretor. Não havia porta-retratos nem objetos pessoais.

Na parede atrás do comandante Pivatto, havia um antigo mapa-múndi numa moldura preta e, na parte de baixo da estante de livros, três protótipos de navios, talvez os que ele comandara.

Cada folha que o vice-diretor lia era separada em pilhas, longe das inúmeras outras que estavam sobre a mesa.

— Essas daqui você pode triturar — disse, entregando alguns papéis a Tiago.

O comandante Pivatto o encarou.

— O diretor disse para convocá-lo para missão. Você sabe o que isso significa?

— Sim, senhor.

— Pois bem, ligarei amanhã de manhã para seu chefe e você ficará destacado aqui. Temos muita coisa a fazer hoje, e o comandante Ruppel precisa de um contato em quem confie.

Tiago concordou.

— Está tudo bem com sua esposa? Vi nos seus assentamentos que você foi para o Rio de Janeiro por causa de um problema de saúde.

— Está tudo sob controle agora.

— Isso é bom. Na missão em que estamos agora não há muito tempo para a família, sinto lhe informar.

— Sei disso, senhor.

Quando Tiago recebeu o telefonema do CIM já sabia o que o aguardava. Conversara com Marta e a preparara para o que estava por vir.

— Você está no jogo novamente — dissera ela. — Não foi para isso que voltamos a Brasília?

A voz do comandante Pivatto tirou-o do devaneio.

— Você já se inteirou da missão?

— Sim, senhor.

Tiago passara a última hora lendo os relatórios.

— Bom, com tudo o que Ruppel conseguiu, creio que fecharemos um dos capítulos ainda esta noite. — Recostou-se na cadeira. — Mas há muito o que fazer, isso é só o começo. Quando tudo estourar, teremos muito trabalho. — Pegou o telefone. — Está dispensado, rapaz.

A porta se fechou atrás de Tiago, e o comandante Pivatto discou para o almirante Maiochi imediatamente.

— Tenho mais documentos.

— Com isso fechamos o cerco?

— Certamente.

— Acabei de falar com a New Scotland Yard. Está tudo confirmado. E Irene, alguma notícia?

— Não.

— Precisamos de uma resposta.

— Falarei com ela agora.

— Me avise.

— Sim, senhor.

A sargento Irene ainda não lhe telefonara, algo incomum. Ela era uma das suas melhores agentes e estava trabalhando na missão desde o início.

Quando a conheceu, teve suas dúvidas. Uma bela morena cor de jambo de olhos verdes e cabelos longos que chamava a atenção por onde andava. Discrição era um atributo que Irene não possuía.

Ela, no entanto, tinha um dom: estar sempre na hora certa e no lugar certo. Com a voz suave, era Irene quem conseguia as mais difíceis e valiosas informações. Os homens queriam conversar com ela, contar vantagens, flertar um pouco, e acabavam falando demais. As mulheres queriam ser suas amigas e fazer confidências.

Falava sete idiomas fluentemente: português, inglês, espanhol, francês, italiano, alemão e russo. Além disso, era atlética, sabia lutas marciais e era exímia atiradora.

O comandante Pivatto se rendeu: ela era uma boa agente de campo.

Uma ruga de preocupação apareceu na testa dele. Eles não tinham muito tempo agora.

CAPÍTULO VINTE E CINCO

Emma olhou o telefone sobre a mesa e verificou mais uma vez se estava funcionando. Respirou fundo e foi até a janela. A neve caía forte agora. Oito e meia. Àquela hora, ele já deveria ter ligado para dizer se estava tudo feito.

Hans cochilava no sofá, alheio a tudo que acontecia. Na mesa de centro, duas latas de cerveja vazias. Emma pegou-as e foi para a cozinha.

Nicole também não lhe dera notícia. Emma se perguntava se sua amiga teria achado um lugar seguro em Londres. Isso agora não tinha mais importância. Com a morte de Peter e Paul, ele não seria incomodado.

Os Price. Emma os conhecia desde pequena. Apesar de ingleses, o sangue alemão corria em suas veias. Com mãe alemã, tinham passado várias férias em Frankfurt. Emma era um pouco mais velha que Peter, mas ele fora louco por ela.

O grupo fora apresentado a Emma e Hans pelos Price, logo após o acidente dos pais.

Abriu e fechou inconscientemente a mão direita, enrugando o curativo que refizera.

Assustou-se quando o telefone tocou. Antes que se mexesse, Hans já atendera.

— Como estão as coisas? — ouviu o irmão dizer.
Ele continuou.
— Ela me disse que você estava em Londres. O que falta agora?
Emma chegou mais perto de Hans e o observou. A testa estava franzida e ele tinha uma das mãos na cintura.
— Ela está bem... — Hans suspirou. — Não, você não vai falar com ela.
Emma estendeu a mão e seu irmão virou-se de costas.
— Agora preste atenção: não temos mais tempo, isso vai estourar a qualquer momento. Faça o que tem que ser feito.
Desligou o telefone de maneira abrupta.
— Por que não posso falar com ele?
Hans a encarou.
— Agora chega, Emma. Você teve sua oportunidade.
— Ainda tenho tempo. Você disse que eu tinha tempo.
Ele tocou levemente no cabelo castanho-claro da irmã.
— Isso está muito perigoso, Emma.
Sua voz era doce, mas seus olhos azuis estavam escuros como uma noite sem lua.
Emma sentiu um tremor no corpo. Sem dizer nada, voltou para a cozinha.

A capitão de corveta Geórgia Casedes levantou lentamente a cabeça.
Geórgia deixava a porta permanentemente aberta para acompanhar de perto o que acontecia na sala principal.
— Comandante, posso tirar umas dúvidas com a senhora?
Fora uma boa aquisição, ela considerou, ao ver Tiago Baumer entrar na sua sala.
Após o comandante Pivatto, ela era a segunda pessoa a liderar aquela missão. Geórgia trabalhava como advogada na Marinha há exatos dezoito anos e, como todo militar, tinha pouco tempo para

a família. Com quarenta e três anos, tinha dois filhos, que passavam a maior parte do tempo com a avó.

Não havia fotos deles na mesa; apenas o computador, algumas pilhas de papéis e uma garrafa pequena de água. Uma caneca da última organização militar em que tinha passado, a Diretoria de Contas da Marinha, estava cheia de canetas e lápis.

— Sente-se, Tiago — falou, apontando a cadeira à sua frente.

— O que exatamente você quer saber?

Colocou uma mecha de cabelo atrás da orelha, que insistia em sair do coque loiro bem-feito. Geórgia era magra e esguia, e a farda lhe caía bem.

Naquele momento, seu celular vibrou: viu o nome de Augusto na tela. Ainda mantinha um bom relacionamento com o ex-marido, também oficial da Marinha, apesar de divorciados havia quase cinco anos. Não atendeu, e Tiago continuou:

— Estou com dificuldade em identificar algumas pessoas — disse.

Na parede à frente deles estavam refletidas diversas fotos e mapas.

— Certo... — Ela se levantou. — Este aqui você já conhece, trabalhou no CIM.

A foto do comandante Húngaro estava refletida na parede projetada pelo computador.

— Ele foi assassinado em Londres, eu sei.

— Exato. Esse é o deputado federal Lourival Castanheira. — Apontou para a foto logo a seguir. — Já deve ter reconhecido esse rosto nos jornais. Esse senhor esteve implicado, há uns nove anos, num escândalo de compras de carros de polícia para o Estado em que era governador, porém nada foi provado.

— Mas o vi com a medalha de Amigo da Marinha... — Tiago folheava os papéis à procura da foto que imprimira.

— *In dubio pro reo*, Tiago. É o princípio da presunção de inocência. Inocente até que provem o contrário... E nada foi provado.

— Mas, se a Marinha sabia desse passado sujo, por que a medalha?

— A plataforma do deputado Lourival Castanheira é a falta de investimento nas Forças Armadas. O Brasil só investe cerca de 1,8 por cento do PIB nas Forças Armadas, é um dos países da América do Sul com menor investimento. Hoje, as Forças Armadas consomem cerca de três por cento do orçamento público, mas seria necessário o dobro dessa quantia para mantê-las e reaparelhá-las aos poucos.

Tiago franziu o cenho.

— Política é a arma da Marinha de hoje. A defasagem estrutural das Forças Armadas está muito grande. Equipamentos obsoletos e fora de uso... A população precisa entender que um país como o nosso carece de boas Forças Armadas. Não é porque não há guerra no Brasil que não se precisa de militares. Aliás, parafraseando o ministro da Defesa, um país pacífico não significa um país desarmado. Boa cerca faz bons vizinhos, como os ingleses dizem. Mas, se serve de consolo, não sabíamos ainda que o deputado estava envolvido num esquema de corrupção quando lhe foi concedida a medalha. Não sabíamos de seus interesses escusos — disse Geórgia.

— As licitações?

— Exato. O problema é que ele queria ajudar as Forças Armadas, mas, em contrapartida, queria uma, digamos, comissão pelas grandes compras. Ele conseguiria o dinheiro público, a Marinha fazia uma grande compra ou contratava um serviço, e ele recebia uma parte desse dinheiro. Tudo, claro, em acordo com a empresa que venderia ou prestaria o serviço.

— E com a concordância de alguém dentro da Marinha, claro.

— Você está entendendo agora?

Tiago continuava contemplando as fotos.

— Nosso trabalho aqui, Tiago, é desmontar essa quadrilha, que já vem atuando há muito tempo, independentemente do deputado Castanheira. Quanto a ele, passamos as informações para a Polícia Federal. Já estão no encalço dele. Aqui dentro, nós é que estamos na cola dessa quadrilha de fraudadores de compras e serviços, só esperando um erro. E aconteceu agora.

— Com as informações do comandante Ruppel.

— Com a tabela que ele mandou por e-mail. O conteúdo de um famoso cartão de memória. — Ela sorriu satisfeita. — Isso e as outras coisas que você viu no relatório.

— Mas como os pegaremos?

— Essa é a segunda parte. Os almirantes das organizações militares envolvidas já foram instruídos pelo almirante Maiochi, com o aval do comandante da Marinha, a instaurar na segunda-feira seus respectivos inquéritos policiais, para que o Ministério Público Militar tenha elementos para oferecer a denúncia. Além disso, nossa operação está toda preparada para realizar as prisões hoje à noite em Londres. Assim que o almirante Maiochi soube do encontro do comandante Ruppel no Hyde Park, nossa equipe de Londres foi acionada.

— Mas assim só pegaremos uma pessoa, a que está ameaçando o comandante Ruppel.

— Não, Tiago. As ligações estão sendo rastreadas. A New Scotland Yard está investigando os assassinatos do comandante Húngaro e dos irmãos Price e querem os culpados. Já estão atrás desses rapazes há um bom tempo. Tráfico de drogas. Por isso estão trabalhando conosco.

— O comandante Ruppel sabe que haverá pessoas nossas com ele?

— Ele sabe que o almirante Maiochi tomará providências, e imagino que saiba que não vamos deixá-lo sozinho nisso, ainda mais conhecendo este Centro como ele conhece.

Tiago concordou.

— E do outro lado... — Ela apontou para as demais fotos do lado direito da parede — ... os comandantes Alfaro e Nogara. Eles lhes são familiares, não são? Você mesmo já pesquisou sobre eles.

Tiago assentiu.

— Estes são os Price. Peter e Paul. A New Scotland Yard nos mandou agora de manhã essas informações. Há uma forte suspeita de que eles assassinaram o comandante Húngaro e foram mortos na mesma noite.

Géorgia continuou apontando entre as projeções de mapas de satélites do Hyde Park e de algumas ruas de Londres.

— O comandante Ruppel, você já conhece, e essa é Victoria Borges. Ela também foi engenheira da Marinha, mas agora trabalha na Schmidt Technology. Era o contato entre os comandantes Alfaro e Ruppel.

— Uma civil?

— É...

Ela ajeitou o coque novamente.

— E essas pessoas?

Tiago apontou para duas imagens com um ponto de interrogação sobreposto a uma silhueta sem rosto.

— Não identificadas. Esta pessoa tem falado com Victoria ao telefone, mas não temos fotos dela.

— E a outra?

— Está envolvida até o pescoço, mas não conseguimos muita coisa ainda nas ligações que interceptamos. Hoje à noite isso pode mudar.

A luz vermelha do telefone começou a piscar.

— Comandante Géorgia falando.

— Géorgia, preciso que você venha à minha sala agora.

— Sim, senhor. — Desligou e se virou para Tiago. — O comandante Pivatto quer falar comigo. Eu o aconselharia a ler ou reler este relatório.

Entregou a Tiago um calhamaço de páginas de capa azul. Na frente, a palavra confidencial escrita em letras maiúsculas vermelhas e o número quarenta e cinco.

— Nosso serviço é manter limpo o nome da Marinha, Tiago. Não é justo que, por causa de dois ou três marginais, a Marinha tenha abalada a credibilidade perante a população. — Próxima à porta, disse: — Você tem o telefone do comandante Ruppel?

— Ele não está mais com o telefone dele. Cada vez que me liga é de um número diferente.

Geórgia saiu em direção à sala do comandante Pivatto.

O café frio e amargo caiu como uma bomba no estômago vazio de Ruppel, que se forçou a comer um pedaço de bolo de cenoura. Não era o momento de ficar doente. Comendo mal, naquele frio e sem as corridas matinais, era bem provável que isso acontecesse. Pela janela, a paisagem cinza fora substituída pela noite gelada. As últimas horas passaram rápido.

Sete e quinze.

Victoria não tirava os olhos do computador. Eles brilhavam a cada descoberta. Murmurava para si mesma palavras indefinidas enquanto digitava os quase trinta nomes da tabela que Ruppel descriptografara.

— Uma coisa não consigo entender — disse ela, esfregando a testa. — Onde se encaixa o projeto Pré-Sal 2025 nesta confusão?

— Achou um analgésico no fundo da bolsa.

— Tenho dúvidas de que ele exista, Victoria. Acho que foi apenas um subterfúgio.

— Não é possível. Era tão real... O cartão de memória que recebi, as instruções... — disse ela, tomando o comprimido com o último gole do café gelado.

— Sinto muito, Victoria. O que sabemos é que a lista estava no cartão de memória no lugar do suposto projeto Pré-Sal 2025 e que todos estão ávidos para colocar a mão nisso.

— Mas não poderia ser uma lista de pessoas envolvidas no vazamento do Pré-Sal 2025?

— Seja o que for, o que interessa é que o CIM receba as informações e faça a parte dele.

Victoria mordeu os lábios.

— Agora você acredita que a voz não é de um agente do MI6, não é?

Ela olhou para cima como se buscasse uma resposta.

— Acredito. — Encarou-o. — Confio em você. O comportamento da voz foi muito estranho nos dois últimos dias. Deveria pelo menos ter feito algum comentário sobre meu celular.

— Seu celular estava sendo rastreado, Victoria, disso tenho certeza. Era por isso que você tinha que estar o tempo todo comigo, só assim eles me localizariam.

— Então por que eles não nos seguiram até o hotel em South Kensington?

— Você tem alguma dúvida disso?

— E por que eles não tentaram alguma coisa?

— Seria pouco provável eles nos abordarem em pleno dia no Hyde Park ou em qualquer lugar em Londres. Estavam aguardando o momento certo, tinham que fazer as coisas discretamente, ainda mais depois da sujeira que foi a morte do comandante Húngaro e dos Price.

— Como fizeram mexendo nas minhas coisas no meu hotel?

— Mas eles não acharam o cartão de memória.

— Então a voz é de alguém desta lista?

— Isso não sei.

— E essa operação no Hyde Park? Se não podemos confiar no comandante Alfaro ou na voz, como você vai escapar depois que souberem que você está com a lista?

— Primeiro, eles não vão saber de imediato, pois levarei o cartão de memória do jeito que recebi, criptografado e no envelope. Segundo, confio no CIM. Tiago já entregou os documentos ao almirante Maiochi, que deve ter tomado todas as precauções.

— Você está me dizendo que o almirante Maiochi não está vindo para Londres?

— Victoria, se eu vir o almirante Maiochi esta noite não me chamo mais Rodolfo Ruppel.

Cinco e meia da tarde no Rio de Janeiro.
Ainda fazia trinta e cinco graus. No céu azul, nenhuma nuvem. Do calçadão da praia de Copacabana, Irene via as dezenas de centenas de barracas de praia coloridas espalhadas pela areia. Com o horário de verão, todos queriam aproveitar o fim de tarde até o último minuto.

De saia florida, camiseta branca e um chapéu de palha de aba larga, Irene sentava-se num banco. Embora o dia estivesse lindo, não conseguira bons resultados. Tinha que ligar para o comandante Pivatto e dar-lhe as más notícias.

Seu trabalho era encontrar Carla e Ricardo e levá-los para a Escola Naval, onde estariam sob a proteção da Marinha até que o comandante Ruppel voltasse de Londres.

Primeiro Irene fora à casa da sogra de Ruppel, mas o apartamento estava vazio.

Segundo o porteiro, a sogra de Ruppel, dona Susana, viajara na noite anterior com toda a família. Eles sempre viajam no fim de semana para Búzios, mesmo com o tempo chuvoso, ele disse. O próprio porteiro os ajudara a colocar as malas no carro e ainda comentara que Carla estava viajando havia mais de uma semana pela Europa.

Na casa dos Ruppel, Irene tivera a mesma sorte. Lá, soube que o casal não aparecia havia uma semana, pelo menos na parte da manhã. Irene ainda não conseguira contato com o porteiro da noite.

Dizendo-se amiga da família, subiu com a desculpa de deixar uma encomenda. Estou com a chave, dissera.

No quarto andar do prédio, não teve dificuldades com a porta. Demorou cinquenta segundos para abrir as duas trancas do apartamento. Pela temperatura e pelo cheiro forte, parecia fechado há algum tempo.

Ela começou pela cozinha. A louça estava toda guardada nos armários de madeira. A pia estava vazia, assim como a máquina de lavar louça. Na geladeira, apenas duas garrafas de água e um pacote de pão de forma vencido. Não havia lixo na lixeira.

O varal também estava vazio. O cesto de roupas sujas continha poucas peças, alguns shorts, camisetas de criança e uma calça jeans masculina. Não havia nada de Carla.

Na sala, as cortinas bege estavam fechadas. A mesa de vidro de centro estava empoeirada e, sobre ela, havia um vaso de flores vazio.

No canto da sala, o telefone e a secretária eletrônica com o número oito em vermelho piscando sem parar. Irene apertou a tecla preta. Quem ligara não deixara mensagem. Pegou em sua bolsa um pequeno aparelho e o conectou ao identificador de chamadas. Todos os números e horários foram copiados para o arquivo.

Na varanda, as plantas estavam amarelas, sofridas pela falta de água e pelo excesso de calor.

No quarto da criança, tudo parecia impecável. Os brinquedos arrumados na estante azul, a cama com lençóis coloridos e as persianas brancas fechadas.

O chuveiro e a pia do banheiro do corredor estavam secos.

Vários escudos e quadros da Marinha estavam pendurados na parede do escritório. Irene abriu cuidadosamente todas as gavetas da mesa de madeira.

No quarto do casal, nada. O banheiro principal, intocável.

Se não fosse pelas roupas no armário e pelos três porta-retratos dourados na estante da sala, Irene poderia até imaginar que ninguém morasse naquela casa. Tudo perfeito, como uma casa de revista de decoração.

* * *

O comandante Pivatto pressionou o botão vermelho.
— Preciso que alguém ligue para Irene. — O celular tocou. — Desconsidere.
— Comandante Pivatto?
— Dê-me notícias, Irene.
— Nada boas, senhor.
— O quê?
— Não consegui cumprir a missão.
— Ela não quis vir?
— Não consegui encontrá-la.

CAPÍTULO VINTE E SEIS

Hans sentiu uma brisa fria cortar-lhe a face. Saíra de casa sem se despedir da irmã, não aguentava mais ver a tristeza nos olhos de Emma. Soprou e esfregou as mãos para esquentá-las. O inverno estava rigoroso, imaginou quando poderia viajar para um lugar mais quente. Portugal tinha a temperatura ideal para morar e criar filhos, se tivesse uma família.

Hoje eram somente ele e a irmã. Emma, Emma, Emma, quantas vezes ainda teria que lhe dizer que o grupo não tolerava erros? Todos aqueles anos, e ela parecia viver em um conto de fadas, achando que tudo sempre daria certo. Ele tinha medo de que ela aprendesse da pior maneira possível.

Justiça fosse feita, ela era muito boa no que fazia. Seu rosto angelical, seu sorriso doce e os olhos cor de violeta já haviam enganado muita gente. Então, por que beijar aquele homem? Por que estava colocando tudo a perder? Questionando decisões e fazendo ligações furtivas?

O celular vibrou levemente no seu bolso. Ele atendeu com a voz ofegante quando viu o número bloqueado.

— O tempo está se esgotando, Hans.

Um tremor percorreu seu corpo magro ao ouvir a voz ameaçadora.

— Não se preocupe, já disse que podemos resolver isso. Nunca decepcionamos o grupo e não vai ser agora que isso acontecerá.

— Você não está tendo problemas com Emma, está?

Hans sentiu as bochechas arderem. Surpreendentemente o frio passara.

— Claro que não. Por que diz isso?

Ele não respondeu.

— Aqueles dois moleques... Mais um pouco e será tarde demais.

Hans ouviu um suspiro do outro lado.

— Você sabe o que tem que fazer.

A conversa terminara.

Malditos Price. Maldita Emma. Não era por falta de aviso. Falaria com ela imediatamente para sumir por uns tempos.

Hans guardou o telefone no bolso, fechou o casaco e voltou para casa, apressado.

Na sala do comandante Pivatto, Geórgia lia o documento enviado pela New Scotland Yard. Virava as páginas rapidamente, lia e relia o que acabara de receber.

— Ruppel já sabe disso? — perguntou, sem tirar os olhos do papel.

— Acabei de receber os documentos. Não temos como nos comunicar com ele. Como você sabe, ele está sem celular.

— Temos que avisá-lo, comandante. Não podemos deixá-lo no escuro.

O comandante Pivatto esfregou os olhos e jogou duas aspirinas efervescentes em um copo de água.

— Foi por isso que a chamei, Geórgia. Ruppel deve estar chegando ao Hyde Park por agora. Precisamos de alguém da equipe para falar com ele antes que chegue lá, ou vamos colocar tudo a perder.

— Temos agentes com ele desde a manhã. Organizarei isso. O diretor já sabe?

— Está ciente.

Geórgia correu para a sala principal, onde todos trabalhavam sem descanso. O burburinho de vozes confundia-se com o barulho dos computadores e de impressoras. Algumas pessoas se viraram quando ela entrou na sala. Colocou os papéis sobre a mesa, suspirou e ajeitou as costas. Sua lombar reclamava das horas que passou sentada e da tensão.

As pessoas começaram a chamar umas às outras. Umas esticaram o braço, tocando o colega do lado, e outras chamaram o nome de alguém em tom baixo. Em pouco tempo, todos pararam o que faziam e prestaram atenção em Geórgia. Quando alguns se levantaram, fez sinal com as mãos para que se sentassem. Ela ficaria de pé.

O barulho das cadeiras que se arrastavam no chão de cerâmica desapareceu perante sua voz alta e firme. Leu a primeira parte do documento.

— César, projete a foto na parede. Dias, ligue agora para o Aguiar e avise-o para falar com o comandante Ruppel *antes* de ele chegar ao Hyde Park. Quero a cobertura em tempo real do que está acontecendo lá.

Tiago entrou na sala e quase esbarrou em César, que corria em direção ao computador de Geórgia.

— Alguma novidade? — perguntou ele, olhando de um lado para o outro.

As vozes estavam mais altas que antes.

— Sabemos agora quem são as pessoas não identificadas nas fotos. São a mesma pessoa.

Ela apontou a parede.

Enquanto falava, uma foto de baixa resolução substituía a foto sem rosto.

— Não estou entendendo — disse Tiago.

— Leia o nome escrito embaixo.

Tiago sentou-se na cadeira e colocou a mão na testa. Depois encarou-a, estupefato.

Em casa, Emma guardou a louça enquanto esperava o irmão, que saíra sem uma única palavra. Ela sabia que o aborrecera e já tomara sua decisão. Não o decepcionaria.

A primeira coisa a ser feita era afastar-se de Edgar. O que ela estava pensando? Não era a hora de mudar de estratégia. Só existia um homem na sua vida no momento, e não era Edgar.

O homem em quem devia focar estava em Londres e logo viajaria para o Brasil. Um homem que tirara seu fôlego e sua concentração com um beijo. Quanto a Edgar, seria feliz na sua doença e com a mulher do porta-retratos.

O relógio de Ruppel marcava sete e meia. Ele tocou no braço de Victoria, deixando a mão repousar mais tempo do que deveria.

— Temos que ir, não?

Ele assentiu.

— Quase me esqueço da hora... O que você vai fazer?

— Você vai comigo, Victoria. Não vejo alternativa. Não posso mais deixá-la sozinha.

Ela passou as mãos nervosamente nos cabelos e desligou o computador. Ruppel pediu a conta.

Com as mãos trêmulas, Victoria guardou o notebook na bolsa e vestiu seu casaco. Depois de colocar as luvas e o cachecol, olhou para as outras mesas. Onde outrora o grupo de amigos animadamente conversava, havia um senhor lendo jornal, sozinho. Sentiu um aperto no peito e segurou com força a bolsa pendurada no ombro.

Outra garçonete veio entregar a conta. O staff já fora trocado. Ruppel deixou o dinheiro em cima da mesa.

— Precisamos mudar nossas roupas — disse. — Deixe essas no banheiro.

— Ok.

Deixaram o National Café separados, cada um por um lado, e se encontraram na segunda esquina. Abraçaram-se como um casal normal, como pessoas normais se reencontrando. As sombras da noite dançavam na calçada de pedra. Victoria se aproximou mais de Ruppel e segurou-lhe a mão. Andaram alguns minutos assim, de mãos dadas, até avistarem um táxi.

— Estação Hyde Park Corner, por favor.

O caminho foi feito em silêncio. A música "Everything", cantada por Michael Bublé, tocou no rádio do carro.

> *And in this crazy life, and through these crazy times*
> *It's you, it's you, you make me sing.*
> *You're every line, you're every word, you're everything.*

Aguiar estava havia horas na parte de fora da National Gallery e não vira Ruppel sair.

Entrou no restaurante. As instruções eram para fazer contato com Ruppel antes de ele ir ao Hyde Park. Ele o vira entrar no National Café, mas não havia mais sinal deles ali.

— Acabaram de sair — retrucou a garçonete quando os descreveu.

Aguiar desceu as escadas, suando. Quando o vento frio bateu no seu rosto, as gotas de suor pareceram congelar.

— Fortunato?

— Onde você está? — A voz rouca perguntou do outro lado da linha.

— Estou na National Gallery. Perdi o casal.

— Porra, Aguiar! Temos que avisá-lo antes de ele chegar aqui.

— Não sei o que aconteceu. Acho que devem ter mudado de roupa.

— Claro que mudaram. É o comandante Ruppel!

— Estou entrando num táxi agora.

Ele parou para dar a direção ao motorista e continuou.

— Verei o que consigo fazer. Está tudo preparado?

— Está.

Aguiar desligou o telefone, afrouxou um pouco o cachecol e desabotoou o casaco. Sentia-se sufocado. Seus um metro e noventa de altura deixavam-no pouco à vontade no banco traseiro de qualquer carro.

Entraram no Hyde Park às oito e quarenta. Victoria apertou a mão de Ruppel quando viu a multidão. Naquele frio, deviam ser loucos de estar ali.

Parte do Hyde Park estava toda iluminada. Era a magia do Winter Wonderland, o parque montado especialmente para esta época do ano. Rinque de patinação, roda-gigante, circos e restaurantes. Um coquetel de luzes e cor.

Ruppel vira uma agitação pela manhã, mas nada comparado àquilo. No caminho, inúmeras barracas formavam um corredor onde pessoas disputavam cachorros-quentes e crepes ao som da música alta.

Victoria olhou em volta. O parque estava lotado de pessoas de todas as idades, gêneros e raças.

Ruppel levou Victoria para mais perto do local do encontro, fora do Winter Wonderland. Felizmente, a escuridão era a única companhia. Embora as luzes do parque se refletissem, o local escolhido era estrategicamente fora do caminho do parque, com poucos transeuntes perdidos à procura do encantamento do brilho da roda-gigante. Andaram devagar, tomando cuidado para não serem vistos, afinal o combinado era ele estar sozinho.

Ruppel coçou o queixo.

— Alguma coisa errada? — Victoria tremeu.

— A essa altura eu já esperava identificar alguém do CIM.

— Você tem um plano B?

— Tenho.

Encostou Victoria na árvore, como se fosse abraçá-la, e abriu-lhe o casaco. A respiração dela parou instantaneamente. Com um movimento lento, Ruppel também abriu o seu e tirou a Taurus das costas. Victoria sentiu a pressão da arma na sua barriga quando Ruppel lhe entregou a pistola.

— Posso ser revistado... Tome muito cuidado.

Ele sabia que estava arriscando tudo.

— Se eu precisar de você, passarei a mão nos olhos assim. — Esfregou-os com a mão esquerda. — Tudo bem?

Com as mãos ainda trêmulas, Victoria respirou fundo e colocou a arma no bolso.

— Tudo bem, estou pronta — disse, levantando o rosto para ele.

Ruppel apertou os lábios. Seus rostos estavam tão próximos que ele conseguia ver nitidamente a pupila dilatada dos olhos castanhos. A vontade de beijá-la era forte. Ele chegou um pouco mais perto, mas aquele não era o momento.

Com a luva de couro gelada, Ruppel puxou a touca de Victoria para baixo e ajeitou-lhe o cachecol, colocando-lhe todo o cabelo para dentro.

— Agora você está disfarçada — sorriu, afastando-se.

Victoria o viu andar em direção ao local do encontro e olhou para cima. Precisava se concentrar.

Havia duas moças sentadas no banco e uma em pé, remexendo na bolsa. Checou o relógio. Cinco minutos agora, e contando.

Ruppel pigarreou, cambaleou um pouco e jogou-se no banco displicentemente, esbarrando na moça ao lado, que se afastou com um gemido. Ruppel pediu desculpas inaudíveis e esticou os braços atrás dela, abriu um pouco as pernas e começou a tossir alto, sem se preocupar em colocar a mão na boca. As três jovens entreolharam-se e, em seguida, se levantaram. Ele ficou em posição.

Um homem se aproximou.

A porta bateu, e Emma viu um Hans totalmente transtornado.

— Arrume a mala agora e pegue seu passaporte suíço! Você vai para a estação!

Ele foi para o quarto e Emma o seguiu.

— O que está acontecendo, Hans? Ficou louco?

Emma viu o irmão subir na cadeira e pegar uma mala em cima do armário.

— Quem ficou louca foi você, Emma! O que foi que eu disse? O que cansei de avisar? Esse seu joguinho com aquele homem não daria certo. Agora tudo está se desmantelando e você nem ao menos terminou seu trabalho! Malditos Price!

— Não fale assim... Já pensei em tudo, não se preocupe. Como também cansei de dizer, ele está na minha mão...

O irmão já tinha saído do quarto.

— Hans! Me escute! O que está acontecendo?

Ele se virou para ela e respirou fundo. Era evidente que Hans fazia um esforço para se acalmar.

— Emma, preste atenção: você irá para nosso esconderijo. Aquele militar brasileiro filho da puta até agora não cumpriu a parte dele, e não foi por falta de incentivo. Ele já deveria ter conseguido aquela merda há muito tempo. Se ele pensa que vai me enrolar, está muito enganado. Não é só nosso pescoço que está em jogo. Estou assumindo tudo daqui por diante, como já deveria ter feito desde o início. Você não queria o trabalho, eu insisti e errei. Pronto, reconheço. Agora arrume suas coisas e...

— Não, Hans! Não quero fazer isso. Deixe-me resolver, por favor. Prometo que dará tudo certo.

As lágrimas ameaçaram cair, e Emma fechou os olhos com força. Sabia o que aquilo significava.

— Você não pode vir comigo? Não temos dinheiro suficiente? — perguntou, esperançosa.

Hans sorriu friamente e puxou-a até o sofá. Segurou-lhe a mão e passou levemente o dedo sobre sua tatuagem, ainda ferida.

— Você já reparou que as cobras têm a forma de um oito? Sabe o que isso significa?

Não esperava resposta.

— Este é o símbolo do infinito. Significa que não há fim, que não há limites para eles.

O irmão falava pausadamente e seus olhos escureceram.

— E você sabe que cobras são essas, Emma? — A pressão dos dedos de Hans aumentou e quase a machucou. — São chamadas de cobras da morte. Dizem que são encontradas na Austrália e na Nova Guiné, são consideradas as mais venenosas e perigosas do mundo. — Ele parou e respirou fundo. — Sabe por que, irmãzinha?

Emma não ousava responder.

— Não é por causa do veneno, mas pelo fato de caçarem e matarem outras serpentes, seres da própria espécie, em emboscadas.

Emma sentiu naquele instante um pavor incontrolável. As lágrimas agora desciam sem pedir licença, e finalmente entendeu o que o irmão queria dizer. Os Price haviam deixado um rastro que poderia colocar toda a operação do grupo em risco. E o que aconteceu com seus amigos poderia facilmente acontecer com eles.

— Vou arrumar minha mala.

Mesmo no escuro do parque, Ruppel imediatamente reconheceu o cachecol xadrez escocês e as roupas amarfanhadas.

— Mais uma vez tenho que elogiar tua pontualidade, comandante.

Sua voz estava rouca.

Ruppel se levantou.

— Trouxeste meu cartão desta vez? — perguntou o homem, sentando-se.

Ruppel fez o mesmo.

— O comandante Alfaro deveria ter falado direto comigo, não precisava dessa encenação.

— Acha-te muito esperto, não é, comandante? Pois não sabes de nada...

— Sobre a Shelter e as licitações? Sobre a amizade entre os comandantes Alfaro, Húngaro e Nogara?

Imediatamente lembrou-se de Van Gogh, Gauguin e Émile Schuffenecker.

— Se achas que ficarei de conversa aqui sobre isso... Dê-me logo o cartão. — A voz era ameaçadora. — A menos que queiras que aconteça alguma coisa com tua esposa.

— Minha esposa está num lugar seguro.

— Achas mesmo? — Ele soltou uma gargalhada. — Acho que o superestimei, comandante.

O homem levantou o braço e apontou para o lado. Outro homem chegava com Carla. Ruppel o reconheceu, o mesmo de Paris. Um grande band-aid cobria-lhe o nariz. Sua mulher andava rígida, talvez tivesse uma arma apontada para suas costas, ele não conseguia ver.

Tentou se levantar, mas o homem segurou-lhe o braço.

— Devagar.

Ruppel olhou para Carla, que começou a chorar.

— Você está bem, Carla?

— Faça o que ele quer, não aguento mais isso.

— Já criaste problemas demais, comandante. Faça o que tua mulher está pedindo — disse o homem.

Ruppel afastou-se um pouco, abaixou-se e puxou o cartão de memória de dentro do sapato. Seu companheiro de banco acompanhava os movimentos. Algumas pessoas passaram longe do banco.

— Solte-a, tenho o que você quer.

O outro homem se aproximou um pouco mais, usando Carla de escudo, enquanto examinava o parque.

— Entregue-me o cartão, comandante, sem movimentos bruscos. Já sabemos do que és capaz, especialmente o Henry aqui. — Gargalhou, virando-se para o outro homem. — E, se alguém estiver contigo, basta um movimento e ela vai para os ares, entendeu?

— Três mortes nas suas costas. Você não conseguirá sair da Inglaterra.

— E quem disse que penso em sair? Já fui longe demais para parar agora, comandante. Alfaro tem tudo sob controle. Ele dá as ordens e as cumpro. Talvez Nogara não devesse ter posto nada no papel e Húngaro não devesse ter roubado meu chefe. Os garotos... pois, é minha a responsabilidade. Nunca acredite nesse pessoal viciado. Estúpidos.— O homem riu novamente. Carla soltou um gemido.

— O comandante Nogara está morto?

O homem suspirou.

— Não sabias? O CIM não é mais o mesmo.— Sua risada era natural. — O comandante Alfaro precisava ter certeza de que ele não enviaria o arquivo para ninguém. Ele era o contador. Eles são conhecidos por não viverem muito tempo, sabias?

— E qual seu próximo passo? Carla? Eu? E quanto a Madison?

— Não, não. Madison e o comandante Alfaro têm muito em comum.

Ruppel segurou a vontade de olhar para os lados. Esperava não ter se enganado com o CIM. Com Carla ali, estava de mãos atadas.

— Esta conversa já foi por demais longe. O cartão, por favor.

O outro homem forçou Carla para a frente.

— Solte-a e lhe entrego. Você seria muito burro de atirar nela aqui neste parque.

O outro homem empurrou Carla para cima dele. Os dois se desequilibraram e caíram no banco. O homem do cachecol xadrez segurou a mão de Ruppel, pegou o cartão de memória e correu, fugindo em direção ao Winter Wonderland.

Ruppel não perguntou como Carla estava. Voou em direção ao homem que a segurava e o derrubou no chão. Algumas poucas pessoas pareciam aproximar-se pela névoa.

Ruppel forçou-lhe a mão para tomar a arma, mas não havia nada ali. Até que ele a sentiu nas suas costas.

— Levante-se, Rodolfo, quero ver a surpresa na sua cara.

Ruppel levantou-se devagar e olhou-a sem acreditar. O francês levantou-se desajeitadamente e sacudiu a terra da roupa.

— É melhor você abaixar essa arma, Carla, pode se machucar.

Viu a pequena arma prateada escondida na manga de Carla.

— Como você acha que Alfaro conseguia as informações, querido?

— Desde quando, Carla?

Ruppel estava boquiaberto.

— Desde que você começou a ter caso com outras mulheres.

— O quê? Você ficou louca? Nunca te traí.

— Não banque o inocente. Pensa que não sei? Alfaro me mostrou as fotos. Sei de tudo — gritou ela.

— Estamos chamando muito a atenção, madame. A polícia já deve estar a caminho — disse o homem com um forte sotaque francês. — Acabe com isso.

— Fotos? Isso é bobagem. Não vê que Alfaro usou você?

— E Victoria? Vi vocês juntos em Paris. Você mentiu na minha cara quando disse que não iria com ela. Vocês dormiram no mesmo quarto aqui em Londres.

Carla estava delirante.

— Você não conseguiu abrir o cartão de memória? Era só ter perguntado à sua amada. Ela tinha a frase o tempo todo. Aquela frase idiota.

— Pelo amor de Deus, Carla. Fui a Paris porque o comandante Alfaro mandou. Foi tudo armado por eles.

— Não por eles! Por mim! Eu dei as ordens! Eu mandei vocês para Paris! Eu sou a voz! Eu disse para eles tudo sobre seu amor por pinturas! Aqueles ridículos girassóis!

Ruppel chegou mais perto. O cano da arma agora pressionava sua barriga.

— Você não imagina quantas vezes morri de rir falando com sua amante. Por isso a voz não falava com você diretamente, pois poderia ouvir a gargalhada enquanto eu falava com sua vagabunda.

Ela engatilhou a arma.

— Odeio você! Odeio você!

Os olhos dela anteciparam o que aconteceria.

O tiro. Os gritos. A escuridão.

CAPÍTULO VINTE E SETE

A primavera era a estação de que Victoria mais gostava na Europa. Da janela do hotel, viu o jardim repleto de flores. Narcisos, tulipas e outras espécies coloriam aquele dia azul. Nem parecia que haviam se passado cinco meses. E mais uma vez estava em Londres.

Durante esse tempo, fez a viagem de Frankfurt para Londres quatro vezes. Pontos tinham que ser esclarecidos, ela precisava depor.

Primeiro, a New Scotland Yard prendera o assassino dos Price. Português, como ele era conhecido, era o homem que ameaçara a família de Ruppel. Agentes da Marinha brasileira o capturaram quando tentava escapar do Hyde Park. Com a ajuda dele, o comandante Alfaro foi surpreendido tentando sair do país, e a polícia francesa prendera o outro braço da quadrilha em Paris, juntamente com o assassino do comandante Nogara, que fora morto com cinco tiros em casa.

A investigação também constatou que os Price foram responsáveis pelo homicídio do comandante Húngaro. Foi Peter Price, o mais velho dos irmãos, quem lhe deu as facadas fatais.

Nos cinco meses que se seguiram, Victoria soube que o escândalo das licitações estourara no Brasil. O Supremo Tribunal Federal recebera a denúncia pelo crime de corrupção passiva contra o deputado Lourival Castanheira. O Ministério Público Federal, por meio do procurador-geral da República, alegou que o deputado cobrava propinas em troca da apresentação de emendas parlamentares que se destinavam à liberação de verbas do orçamento público. As verbas liberadas para a Marinha eram apenas uma fatia do bolo. O parlamentar oferecia seus préstimos a muitos outros ministérios.

Além da ação criminal no Supremo Tribunal Federal, o deputado Castanheira ainda era réu em diversas ações de improbidade administrativa que tramitavam na Justiça Federal.

Ao mesmo tempo, outras vinte e oito pessoas da lista foram presas sob a acusação de fraudes em licitações de obras e serviços públicos. Victoria não se surpreendeu quando soube que Madison estava sendo investigado por corrupção. O porta-retratos na sala de Húngaro também ajudou a polícia nesse sentido.

Ela leu nos jornais que a Polícia Federal descobrira o esquema criminoso em que o parlamentar estava envolvido durante a Operação Torre de Londres e riu ao perceber que o CIM não fora mencionado.

As notícias veiculadas eram de que o comandante Alfaro, preso e deportado para o Brasil, também respondia a um processo criminal. Fraude à licitação, peculato e participação em homicídio encabeçavam a lista de acusações. O advogado dele argumentava que as acusações eram infundadas e que não havia provas de que seu cliente estivesse envolvido em qualquer esquema irregular. Entretanto, o conjunto de provas trazido pelos inquéritos policiais militares era contundente, além das gravações que haviam sido feitas no Hyde Park. Perfeito trabalho de contrainteligência.

A comandante Geórgia, que acompanhou Victoria algumas vezes como ouvinte da Marinha, contou-lhe alguns detalhes do esquema. Explicou que a quadrilha começara quando Alfaro, Húngaro e Nogara serviram juntos pela primeira vez, depois da Escola Naval.

— Alfaro fazia os contatos com as empresas; Nogara era o contador, quem realizava os pagamentos aos fornecedores; e Húngaro, o encarregado de encobrir as falcatruas. Com boa reputação, este conseguira por muito tempo enganar os superiores.

Geórgia continuou.

— O primeiro erro do comandante Húngaro foi ter aceitado trabalhar no Centro de Inteligência da Marinha. Foi quando começaram as primeiras investigações, lá mesmo, no CIM. Desconfiado e prevenido, Alfaro parou com todos os trabalhos, e a quadrilha ficou temporariamente inativa, depois de já ter se apoderado de alguns milhões em dinheiro público.

— Todavia, a cobiça da quadrilha foi mais forte do que a precaução. Madison, que já fazia parte do bando desde que Alfaro, Húngaro e Nogara serviram na Diretoria-Geral de Material da Marinha, insistiu em continuar e os apresentou ao deputado federal Lourival Castanheira. A quantia prometida pelo deputado foi perigosamente atrativa. *Agora é coisa para gente grande*, ele dissera.

— O primeiro grande negócio não deu certo. Alfaro e os comparsas estavam de olho na SchmidtTech. Castanheira conseguiria a liberação da verba do governo, e só faltaria assinar o contrato. Você, Victoria, que trabalharia como engenheira na empresa, caiu como uma luva. Alfaro a usaria como intermediária, e seu contato real, outro engenheiro da SchmidtTech, ficaria livre de suspeitas.

— Não me diga que era Felipe Martinez?

— Não, não se preocupe, ele está limpo.

Victoria suspirou de alívio. Detestaria ter sido enganada por um bom amigo.

— A ideia do projeto Pré-Sal 2025 foi de Húngaro. Ele ouvira alguma coisa sobre um projeto de um submarino híbrido pelos corredores do CIM. Considerou uma boa isca para uma engenheira naval.

— Ainda me culpo por ter caído tão facilmente nessa armadilha.

— Não fique assim. Era mais do que natural, e Alfaro sabia disso. — Ela acalmou Victoria. — Por algum motivo, o contato de Alfaro na SchmidtTech foi demitido, a Marinha não comprou o sistema de sonar que a empresa estava vendendo e o negócio não foi fechado. Você acabou não sendo usada.

Geórgia esperou a reação de Victoria.

— Depois de dois anos de contratos menores com a Shelter, surgiu outra grande oportunidade para a quadrilha. Com as construções dos submarinos nucleares e convencionais, a Marinha precisava de treinamento em guerra antissubmarina. A Shelter tinha o equipamento, e o deputado Castanheira, o dinheiro. Na mesma época, Nogara ficou doente. Um câncer de próstata forçou-o a refletir sobre a vida. Morando há um ano em Paris e servindo no escritório de Houilles, ele se dizia realizado. Alfaro conversou com ele, Húngaro também, mas Nogara estava irredutível. Não queria se arriscar, tinha dinheiro suficiente. Alfaro não se deu por vencido e o ameaçou. Nogara, porém, era quem tinha o poder para ameaçá-lo. Era o contador.

Victoria soube que Nogara compilara a lista, que tinha os nomes dos contatos das empresas fraudadoras, as quantias depositadas, as datas, as contas e os contratos. Se não o deixassem sair, mandaria aquilo para o CIM, para o Ministério Público Militar, para a Advocacia-Geral da União e para quem mais quisesse saber. Não se importava com mais nada, só queria viver em paz.

Geórgia contou ainda que Húngaro conversou com Nogara. Eles eram amigos, suas esposas eram amigas. E o convenceu. Nogara lhe entregaria a lista pessoalmente, se o deixassem sair da quadrilha. Húngaro ainda tinha um desafio: convencer Alfaro. Depois de alguma insistência, ele cedeu.

— O segundo erro de Húngaro foi usar o comandante Ruppel. Como eles serviram juntos no CIM, Húngaro simulou uma missão. Convenceu Ruppel de que ele fora colocado na Diretoria de

Sistemas de Armas para trabalhar para o CIM. A trama do Pré-Sal 2025 era perfeita agora. Eles controlariam Ruppel por intermédio de você, seus celulares e seus contatos.

Victoria passou a mão no cabelo.

Geórgia prosseguiu, parecendo não notar o desconforto.

— Alfaro ainda não estava satisfeito. Ruppel era esperto e poderia descobrir toda a armação assim que chegasse a Londres. Ele precisava de um trunfo: Carla.

Geórgia parou, aumentando o suspense.

— Carla reunia todas as qualidades necessárias. Era ciumenta, ambiciosa, de personalidade fraca e não amava mais o marido. Algumas aplicações de Photoshop e ela surtou. Ah, sim, e era mercenária também. Quando Alfaro disse-lhe a quantia que receberia para ajudá-los, ficou feliz em dar uma lição ao marido. Carla estava com tanto ódio de Ruppel que faria qualquer coisa para se vingar. Com um aparelho no telefone, interpretou a voz com prazer. Ali estava alguém que adorava dar ordens. A ideia de dizer que trabalhava para o MI6 foi dela.

As mensagens de *Os girassóis* eram enviadas a Ruppel por Carla. Geórgia ainda explicou que até o quarto do comandante Arthur Amorim fora usado, sem que ele soubesse o que estava acontecendo.

— O plano parecia irrepreensível, até que Alfaro descobriu que Húngaro estava roubando a quadrilha. Por anos, desviara o dinheiro que recebiam numa conta na Suíça. No início, eram pequenas quantias. Com o tempo, elas cresceram significativamente. Húngaro e Alfaro estavam em lados opostos e lutavam contra o tempo. Quem colocasse as mãos no cartão de memória primeiro venceria. Eles poderiam chantagear um ao outro.

— Mas isso não era arriscado? — perguntou Victoria.

— Claro que não fariam isso, estavam implicados até o pescoço. Só queriam ter o controle da quadrilha. Húngaro confiava em sua amizade com Ruppel; Alfaro, no domínio que detinha sobre Carla.

— Mas as coisas não saíram como eles gostariam...

— Exato. O terceiro erro foi fatal, agora de Alfaro, que contratou o Português. O assassinato de Húngaro pelos Price fez com que obtivéssemos total colaboração da New Scotland Yard e muito mais.

O que Alfaro não sabia era que os Price e o Português eram membros de uma rede criminosa internacional, investigada há muito tempo por serviços secretos de inteligência de diversas nações, além de polícias locais, como a própria New Scotland Yard. A rede, estruturada e hierarquizada, conhecida entre os agentes como Death Adders — a cobra da morte, em razão da tatuagem com duas cobras entrelaçadas de seus integrantes —, tinha células independentes em muitos países, atuando nos mais variados ramos, o que dificultava as investigações. A morte de Húngaro fez com que todas as atenções se voltassem para Alfaro e sua quadrilha, já que podiam revelar a ponta de um gigantesco iceberg. Infelizmente, porém, o Português, único do bando com a fatídica tatuagem, estava em coma após a tentativa de um suspeito suicídio na prisão. Não seria agora que a polícia teria alguma colaboração para a captura de outros membros da rede.

— Enfim, o ápice de nossa investigação ocorreu no Hyde Park. Mas essa parte da história você sabe bem.

Victoria não precisara de qualquer explicação, sabia bem. Era sempre doloroso reviver aquela noite. Checou o relógio. Ainda tinha uma hora antes de se apresentar à New Scotland Yard para um novo depoimento. Geórgia não a acompanharia desta vez, pois havia muito trabalho a fazer no Brasil. Sentiu um arrepio no corpo.

A imagem de Carla apontando a arma para Ruppel estava ainda muito nítida na sua mente. Todo aquele sangue era palco constante de seus pesadelos.

No parque, as coisas não saíram exatamente como se esperava. Observou tudo de longe e participou do desfecho da cena.

O Português chegou na hora marcada. Apesar de ter uma visão ampla do cenário, Victoria não tirava os olhos de Ruppel. Aguardava o sinal.

Enquanto ele e o Português conversavam, outro homem surgiu da multidão com uma mulher à sua frente. Por pouco tempo, Victoria chegou a ver o rosto assustado de Ruppel.

Tudo acontecera muito rápido. A expressão de Ruppel mudou, dando lugar à frieza característica. Era Ruppel quem tinha novamente o controle da situação.

Quando o homem jogou a mulher sobre ele, Victoria viu o Português fugir e Ruppel lançar-se sobre o outro homem. O pequeno tumulto começou a chamar a atenção.

O prateado da arma na mão da mulher brilhou na escuridão. Victoria sentiu seu coração bater mais forte, e uma força empurrou-a em direção a eles. A distância que os separava diminuiu, e, quando seu olhar cruzou com o de Ruppel, soube o que tinha que fazer. Não hesitou.

Em sua mente, o que aconteceu depois foi uma sequência de atos confusos. Ruppel e a mulher caídos no chão, sangue por todo lado, pessoas gritando, o homem e ela própria sendo algemados e levados por policiais.

O que Ruppel não sabia era que, além do CIM, a New Scotland Yard também estava no parque em operação. No momento em que Victoria atirou, um atirador de elite da New Scotland Yard também o fez. Carla morreu instantaneamente e Rodolfo foi ferido. A bala atravessou o ombro dele e a atingiu.

A investigação provou que Carla morreu em decorrência de um tiro na cabeça, embora Victoria a tivesse acertado no braço. Depois de um dia, Ruppel, liberado do hospital, retornou ao Brasil.

Victoria conversou com ele algumas vezes nos cinco meses subsequentes. Estava envolvido numa batalha judicial com a sogra pela guarda de Ricardo. Na ação, ela alegava que a suposta amante de Ruppel tentara matar sua filha e que, por isso, ele deveria ser privado da guarda do filho. Além da guarda, dona Susana exigia uma pensão alimentícia astronômica e uma indenização pela morte da filha. Ruppel agora sabia de quem Carla herdara sua ambição por dinheiro.

Hoje, Victoria o encontraria na New Scotland Yard. Enxugou as mãos suadas e contemplou a marca branca de seu dedo anelar esquerdo. Após o término do mestrado, e de várias discussões, Edgar voltara ao Brasil a seu pedido, embora ela soubesse que estava longe de conseguir colocar um ponto final naquela relação. Quando fechou a porta do quarto do hotel, estava pronta para reencontrar Rodolfo Ruppel. Victoria andou confiante até o elevador e respirou fundo. Da última vez em que se viram, um brilho nos olhos de Rodolfo iluminara seu coração de esperanças. Eram momentos difíceis, ela sabia. O tempo se encarregaria de apagar as marcas do passado e dar uma chance àquele amor.

A frase que a acompanhou na falsa missão badalou nos seus ouvidos.

O que não mata fortalece.

Sim, ela estava mais forte.

Tiago e Geórgia ouviram três vezes a gravação.

— O que a senhora acha, comandante?

— Não estou bem certa... Se conseguirmos isolar a voz e deixarmos só o som ambiental, talvez... Você está ouvindo um barulho de sino? Ele estava próximo de uma igreja...

— Pode ser... Devo chamar o técnico?

— Chame Irene também. Está faltando alguma coisa, isso não faz sentido.

Tiago pegou o telefone e chamou-os. Aquela conversa, numa mistura de alemão e inglês, era a última de uma sequência de quinze. O telefone celular usado para fazer as chamadas fora rastreado, a despeito da complexidade da criptografia. Porém, não havia sinal do outro, que, provavelmente, encontrava-se na Europa.

— Comandante Geórgia, realmente havia algo errado na tradução. Não fora possível descriptografar por completo, e somente agora consegui reunir tudo. Essa é a nova gravação. Acho que a senhora vai gostar de ouvir.

Tiago a colocou no computador, e os dois se sentaram para ouvir.

— *Já conseguiu?*

— *Quase, preciso de mais dois dias.*

— *Não sei por quanto tempo consigo segurá-los. Você não tem mais tempo.*

— *Hans, só mais dois dias... por favor... você sabe que estou fazendo todo o possível. Com a Torre de Londres, eu tive que parar tudo. Você mesmo mandou, eles podiam chegar a mim. Não se preocupe, terá todo o... projeto Pré-Sal 2025 nas mãos, eu prometo...*

— *Cale a boca... Sabe onde me encontrar.*

— *Não deixe que eles a machuquem... Também quero acabar logo com isso. Conseguirei tudo...*

— *Faça o que tem que fazer.*

— *Diga a Emma... Peça a ela para fazer* Bratwurst Mit Sauerkraut. *Estarei em Frankfurt depois de amanhã.*

Geórgia virou-se para Tiago e sorriu. Agora eles tinham por onde começar.

Este livro foi composto na tipologia Minion Pro,
em corpo 12/16,1, e impresso em papel off-white,
no Sistema Cameron da Divisão Gráfica
da Distribuidora Record.